獻給時光，道路，以及一路相隨的人們。

忽然十年就過去

何佳青　著

目 次

5　　第一章

19　　第二章

25　　第三章

35　　第四章

49　　第五章

79　　第六章

101　　第七章

123　　第八章

143　　第九章

165　　第十章

187　　第十一章

209　　第十二章

第一章

1.

　　我在嘈雜的馬路上晃蕩了很久，冬夜的冷風，夾雜著塵土，灌進我的脖子。漫無目的的我，欲哭無淚，我剛剛失去心愛的小狗。最後停駐在老外灘江岸，趴在欄杆上。道路另一邊的酒吧人聲混雜，酒吧歌手低吟淺唱。各種飲食男女的夜晚，江邊有緊緊相依的情侶，惆悵的獨飲者，吞雲吐霧的單身女子……我俯望著腳下漸漲的江水，沉默如雕像。而腦袋中卻是思緒萬千，遠不止失去小狗的悲哀，有關這座城市的種種記憶，突然覺得貧窮，孤獨，一無所有，彷彿被這個世界遺忘很久……

　　「漲潮了。」有個聲音慢條斯理著。我依舊一動不動。隔了好一會，這個聲音又自顧自地繼續到：「這麼冷的天，我可不想跳下去游泳。」看來他誤將我當成想要輕生的迷途青年。我頓一頓，轉過頭去笑一笑，說：「沒關係，我會游泳。」隔了好一會，他掏出一包煙，看著我詢問道：「可以嗎？」我點了點頭，他拿出一根煙，夾在兩指之間，點燃，抽一口，吐出煙圈，動作優雅而又緩慢。此刻我才慢慢看清眼前的男子，有著深邃的目光。高個，健碩而又挺拔。「哦，喝了酒，什麼壞毛病都帶出來。」他又繼續對我說著，更像是自言自語。「可以給我一支嗎？」我在那一刻，瞬間湧上一點稍帶叛逆的衝動。我平常是不

抽煙的。但他搖搖頭：「從某種程度上來講，借酒澆愁或者抽煙解悶更偏向於男人的權利。上帝賜予女人眼淚，她可以哭泣，這是女人的特權。」我苦澀地笑一笑，沒有要堅持的意思。沉默良久，忽然傳來一陣清脆的狗鈴鐺聲，難以抑制的悲哀在心頭瞬間迸發，化作無聲的眼淚，全身的血液好像冷凝。「這麼冷的天，居然有人遛狗……」話未完，他便止住了，原本轉身看狗的雙眼停留在我的身上。我轉過頭去看著他，理直氣壯：「你剛剛才說眼淚是女人的特權。」淚流滿面的我使他顯得稍稍的驚訝，甚至有點手足無措。不過這樣的狀態只持續了短短數秒，他掐滅手中的煙蒂，向江中扔出一個漂亮的弧線。然後慢慢地靠近我一些，輕輕地擁抱住我，低沉而又溫柔：「怎麼了，小姑娘？」我心中某一莫名的東西輕易地破碎了，眼淚像泄了閘的洪水，一邊含糊不清地回答到：「我的小狗死了。」我放開聲，開始大哭起來，在一個陌生男子的懷中。

他叫陸胤，在瑞典五年，讀完大學之後又攻讀了碩士研究生課程。地地道道的東北人，畢業回國後一直在北京工作，遇見我的那天晚上是他離開北京到A城的第七天。

我在A城讀大學。畢業之後，毅然違背家人的意願，放棄他們給我安排好的所謂「美好前程」，在A城獨自生活。小米是我在離開大學，落實工作之後認養的小狗，它給孤單的我許多慰藉。遇見陸胤的那天晚上，不忍小米犬瘟後期的病痛折磨，我聽從醫生的建議，接受將小米安樂處理。陸胤在後來回憶起那天晚上的我就像一隻迷途的羔羊，而我淚流滿面的樣子讓他想起家中受了委屈的小妹妹，他的擁抱只是安撫，與愛情無關。

在我們認識之後的很長一段時間，我們都沒有再見。那天晚上，他只是送我回家，然後就離開。我們沒有留下彼此的聯絡方式，確切地說，我們根本就沒有想過還會再見。我不喜歡那天的自己，以至於一想到在他的世界我竟是以這樣一種陰暗的形象出現，如要繼續，我恐怕很難陽光起來。從此以後，我不再養狗，我不願再去承擔失去的危險。生命有時太過脆弱，小米的離開，讓我想起逝去多年的親人。我也沒有遇見可以戀愛的人，寧願不花心思，不放感情，讀書寫字，聽音樂，看電影，堅持每天一個小時的瑜伽練習。後來又報了一個培訓班，去學習油畫。運動是緊要但不緊急的事情，至於油畫，不過作為業餘的一項消遣。我是一名室內設計師，長時間的伏案工作有時讓我身心俱疲。我需要工作以外的一些其他來沖淡這種無聊，加一點鮮亮有意思的東西。我的上司亦是個很好的人，推崇的是一種「只問結果，不問過程」的管理方式。也就是說，只要在規定的期限內交出客人滿意的設計方案，我可以自行調配自己的工作時間，甚至可以一星期不出現在辦公室中。因此，只聽得見野貓叫春的凌晨三點，有時正是我認真繪圖的工作時間，而在早上八九點鐘的上班高峰期，我可能正在呼呼大睡。任何工作都免不了大量的重複作業，好在室內設計相對是個需要創新元素更多一些的行業。也因為自由，我喜愛這份工作。

——To be continued

2.

栗子是我的大學室友，A城本地人。從小到大，從未離家太遠一個人長久生活過。當然，除旅行之外。我的大學寢室是一個混合寢室，雖然栗子大我一屆，但我們卻是同時畢業的。她的專業是麻醉，學制是五年。很難想像，像她這樣一個能在停屍房裡認真研究人體臟器的安靜女孩在唱搖滾時是什麼瘋狂模樣。可她的確在扮演這兩個不同角色時判若兩人，且每一個角色的扮演都絕對出彩。現在的她，已經是A城最好的醫院裡的一名麻醉科醫生，閒暇時還會跑到酒吧去駐駐唱。栗子很挑剔，對於沒有feeling的酒吧是絕不去的。何況她家境殷實，駐唱完全出自喜好。栗子的挑剔是嚴苛到大學期間追她的人排成隊，但她誰都看不對。是徹頭徹尾寧缺毋濫的一個人，且經常將「得之，我幸；不得，我命。」的態度掛於嘴邊。直到遇見她現在的男朋友——林碩。林碩開一輛奧迪Q5，是個為人爽朗的富二代。從英國讀完碩士研究生課程回國後就直接進入到了自己的家族企業，是個帥氣但並不浮誇的人，紳士言行，絕非一般的紈絝子弟。這兩個fashion的人的相識卻是極老士的，兩個家庭是世交，門當戶對，子女年齡相當，相親便成了自然而然的事情。雖然栗子特立獨行，但絕不莽撞。她認真地赴了這個約，難得的是，她看對了眼。

　　某個週六的早上，我正通宵完成一個設計圖紙，趴在書桌上睡了過去。突然被電話鈴聲驚醒。聽到電話那頭栗子啞著嗓子說：「小木，我啞了。」「怎麼了呀，姐姐，我好睏。」

　　「我感冒了。今晚是我到巴斯駐唱的日子呢。我已經打過電話給酒吧經理，因為突然，一下子找不到別的人來代替我。所以就想到了你。」「可是，我很久沒有唱歌了呀，何況從沒到酒吧唱過歌。」「你的實力我瞭解啦，怎麼說也是跟我們老大混過江湖的。」「800年前的事情還提，我現在連KTV都不去了。」「你沒問題的，幫幫我嘛！」栗子還在電話那頭用她那公鴨嗓苦苦哀求著。她一向待我很好，因為比我年長一歲，而我又一個人遠離家鄉生活在A城，大多數時候，她就像個姐姐一樣照顧我。所以我不能拒絕她，而且，我睏得要死，就暫且答應了。掛了電話，我就直接撲到可愛的床上，呼呼大睡。

　　是的，她的老大，就是我們大學時代他們樂隊的鼓手兼隊長，是我大學時期的男朋友。這個人，現在不知漂到世界上哪個角落去了。可是曾經，他的手，我可以牢牢握在手心。他大我兩屆。那一年，我才20，是個十足的傻裡傻氣，土得要死的傢伙。我第一次見到他時，是一個夏秋之交的夜晚。入學不久，天還很熱。那時他們的樂隊還沒有在校內外有過任何的演出，資金和其他支持都很匱乏。那天晚上我去排練房找栗子，卻只看到他一個人專心致志地練習打鼓。排練房設在學校操場的主席臺下面的低矮房間內，連個電扇都沒有。牆面上噴塗著一些誇張的字眼和圖畫，我一眼就看到了「seek dream」——他們的樂隊名稱。地面上散亂地攤著音箱，吉他，貝斯。他頭也不抬地坐在架子鼓前，

戴著耳罩，以防長時間的練習損傷到鼓膜。這樣一來，就更熱了，汗水流到了他的脖子上，遠遠看過去，燈光下亮閃閃的，像是掛了一條項鍊。我在門口站了很長時間，甚至有些入迷。過了很久，他停下手中的鼓棒，扯下耳罩。一抬頭，這才看到我。我覺得有點尷尬。他似乎看出了我的不安，冷冷地說一句：「進來坐吧。」我又環視了一圈，「你們這裡壓根就沒有坐的地方。」是的，除了他坐著的一個位置，根本就沒有座位。「我是來找栗子的啦。」「她臨時有事，出去了，你沒有跟她說過你要來嗎？」我搖搖頭，「我就是好奇，想看看你們排練的樣子。」他站起來，往隔壁的一張桌子上拿起一包煙，一個火機，然後又往門口走，看了我一眼，莫名其妙，微微一笑，說：「那現在看到了。」又徑直走到門外，點燃一根煙。真TM跩啊，我心裡想著，自覺沒趣，正打算回去。卻碰到栗子從外面回來了，看到我，顯得很是驚喜。連聲音都帶著興奮：「小木，你下晚自習了啊。」「嗯。」「那個是我們老大，對不熟悉的人像根冰棍，不過對熟人是很好的。」栗子真是厲害，一眼便看出我在他們老大那邊遭了冰封。「呵呵呵呵呵，還好啦。夏天嘛，來根冰棍正好。我要回去了，下次再來。」我跟栗子互說了bye-bye，便走了，路過那根叼著煙的冰棍，也說了聲bye，他卻只是冷漠地點了下頭。我就回寢室去了。

　　人如其名，這個男人叫李默然，窮盡一生，我恐怕再不會忘記這三個字。

——To be continued

3.

　　當我再次被電話鈴聲吵醒時，窗外的天色已經暗沉。栗子說半小時後在我公寓樓下等。我趕緊穿衣，起床，梳洗，化一個簡單的妝。看了看手錶，時間還早，就簡單收拾了下書桌和房間。然後就拿起包包出門。他們果然準時，我一到樓下，林碩的Q5就在我面前緩緩停下。我打開車門，鑽到後座。栗子轉過頭來與我招呼，說我們先去吃飯。車開到一家馬來西亞餐廳，栗子依然聲音沙啞，所以笑得比說得更多。林碩則始終表現紳士，對兩位女士照顧周到，表現出良好的修養和風度。

　　我已連續工作兩天，期間除卻去過一趟瑜伽會所，鮮與生物接觸。飽睡一覺之後，自然精神很好，又饒有興致地喝下一杯紅酒。整個晚餐過程都讓我覺得舒適愉快。閒聊休憩之後，我們三人就驅車前往巴斯，今晚最後的任務尚未完成。到了巴斯，我們就挑了個好位置坐下。老闆過來熱情招呼，一邊還不忘調侃，說期待小木的精彩表演。又忙著轉到別處招呼其他客人。

　　這個酒吧不大，但是佈局別致，另有風味，確實夠得上栗子的品味。以前，我總是坐在這裡喝著小酒，聽栗子唱歌。此刻臺上的男子正抱著吉他，沉迷在自己的音樂之中。曲調悠揚，他唱的故事，或許只有他自己才懂。李默然雖然是個鼓手，不過也

喜歡彈著吉他唱歌。他說，小木，你覺得怎樣，這是我自己寫的歌。以後應該會走到很遠的地方吧。不能隨時都把鼓帶在身邊，不過帶上一把吉他，總是可以實現的……這個曾與我親密無間的人，如今在哪裡？身邊是否依舊還有一把吉他？

到你了，栗子輕輕推我一把。「不用緊張。」我點點頭，笑一笑，就走到臺上。與身旁的伴奏樂隊報曲目，Adele的《Someone like you》，然後走回臺中央。伴奏開始，我的思緒也開始流轉。女人總是太過於矯情，已然結束的感情，卻還能念念不忘，歌曲或者故事，想當然對號入座。即使到最後只剩一個人，動情的歌曲都能拿來懷念。我歌唱，記憶便不能自控的湧現。我曾在路過街邊的音像店時無意聽到這首歌，除了讓我想起李默然，心裡更多是某種不能言說的遺憾跟迷失。因為我不知道他究竟去了哪裡，我如何才能找得到他。

當我第二次走進李默然的排練室時，小屋子裡已多了一張小長椅。他說：「小木，這是你的位置。」這個肯為我安排一個專屬的男子，是我一眼歡喜的男子。儘管當時我並不願意承認。

李默然喜歡安靜獨處，他在北校門附近租一間房。學校的北大門，長時間處於關閉狀態。所以，李默然同學至少每天要翻兩次鐵門。漸漸熟能生巧，最後，竟然背著他的自行車都能靈活「翻牆」。我有很長一段時間都不相信，因為只是從栗子他們口中聽說，並沒有親眼見到。直到有一天早上，我背著書包去圖書館經過北校門，撞了個正著。為他精湛的技藝所折服，而他則被我目瞪口呆的樣子逗笑了。

那一年平安夜，我手執一枝白玫瑰，略微恐高的我，戰戰

兢兢地翻過那扇鐵門，冷風吹得我瑟瑟發抖。愛情讓人衝動，20歲，要理智冷靜做什麼。我打電話告訴李默然在他住處樓下等他。他在電話裡顯得滿是驚訝和疑惑。不過很快就出現在了我的面前。我有些緊張，將玫瑰舉到他的胸前，說：「李默然，我喜歡你！」他的表情依然驚訝，接過我手中的玫瑰，眼神卻開始微笑。另一隻手輕托起我的下巴，在我唇上輕輕一吻。有淡淡的煙草味道。第二天，耶誕節，我卻開始發燒，在寢室裡躺著。李默然不能進入女生寢室。叫栗子送來了藥和水果，我全身發燙，鼻塞難受，內心卻是甜蜜異常。栗子照顧我，替我換敷在腦袋上的毛巾，餵我吃藥時說，誰生病都沒有你的樣子得瑟。我能不得瑟嗎？李默然這個被眾多女生追過多次而不為所動的人，被本姑娘拿下啦，哈哈哈。他說很少的話，喜歡在練習的間隙中休息時繞操場走路，有時獨自對著黑夜抽煙。即使夜深，也會一人跑去打籃球。有時火大，說髒話。被惹毛了他會直接掛我的電話。我們都是壞脾氣，有時會因為一點小事在電話裡激烈爭吵，他會狠狠摔掉電話。然後我們就堵上一兩天的氣，又各自後悔起來。然後又和好，到一定的時間地點，又吵架。可是，我知道他喜歡我。他不喜歡別人跟著他，可是我卻可以牽著他的手，一起逛操場，可以縱容我唧唧咋咋說一堆話。夜晚十點的籃球場，我陪他打球，他總是笑我球技太爛。高興時會突然衝過來把我抱起，說是要扔進籃筐裡去。那是不可往復的好時光……

　　歌曲終了，可我卻深陷記憶不能自拔。記憶有時比愛情更加漫長，當幡然醒悟，現實早已是另一番光景。於是，彷彿背後被一隻手推一把，不得不前進。台下的人已經開始鼓掌，我說一聲

謝謝，回轉身，準備退場，迎面卻是一張熟悉而陌生的臉。那個在老外灘偶遇的人，是的，陸胤。他正端著一杯酒朝我走來。神情優雅，卻透著一股痞子味：「我在離你很近的位置，觀察你很久，你唱歌的樣子真迷人。或許是太深情，你都沒有發現我。呵呵，今晚的你很不一樣。」「我近視，在臺上看不清楚任何人的臉，況且燈光太過昏暗。」「看到我，你很驚訝嗎？」「是的，非常。」「那也沒有我看到你驚訝。我的朋友們在那邊，過去喝一杯嗎？」順著陸胤所指的方向看去，有二男三女正坐在一張桌上喝酒聊天。此刻他們正望向這邊，人概也像栗子一樣感到疑惑吧。我對陸胤笑一笑，說：「不了，改天吧，我的朋友等著我呢。玩得盡興。」然後我就獨自走開，回到了座位上。栗子感冒未愈，需要多休息。我們坐了一會兒就回去了。

—— To be continued

4.

　　第二天一早醒來，早上8點。吃過早飯，徑直到了公司。早已約好客戶談一個設計方案，另外嘛，已然設計好的圖紙需要給客戶。我習慣步行上下班，走半個小時，到達辦公室。辦公室裡的人依然繁忙如平常。客戶對設計方案基本滿意，只需稍作修改這個單子就算完工了。又約了新的客戶談方案，於是就跑去驗房。雖然這些都可以由助手幫忙完成，但是為了體會客戶的心意與各個房間的環境，我一直堅持親自做這些事情。同時，借由這樣的機會與客戶進一步的溝通交流，有助於我拿出客戶滿意的設計方案。我在工作兩年之後，也漸漸積累了一定的經驗。因此，保證不斷活對我來說已經不算難事。

　　晚上8點，與客戶吃過飯，回到辦公室拿一些資料，至少有一個星期可以在家裡自由辦公。冬天的夜裡，冷風依然，我一個人走在回家的路上。白天天氣晴朗，冬天的晚上其實也很美，街頭燈光閃爍，廣告屏幕打出一行行醒目字眼，南塘盛園已然佈置成一番別的模樣，透著一股強勁感。又是一年聖誕臨近，到處可聽到聖誕歌曲。盛園附近有個不大的露天停車場。每次夜晚經過這裡，總能見到夜色中的看管人員，50歲左右的外來務工者。穿綠色警務執勤背心。寒風中還有她的小白狗，陪伴在身邊不離不

棄。工作一天之後，感覺疲憊。說過許多言語，但彷彿沒有一句來自心靈深處。感覺到致死的寂寞，急切想與人交流，卻發現沒有一個手機號碼能讓我有撥打的衝動。至於那個我想要撥打的號碼，它已不再是原先的主人。我走得很慢，過去看小白狗。蹲下身來，撫摸小狗的頭。想到我的小米，依然些許哀傷，狗狗比人敏銳許多，能一眼辨識來者善惡。儘管我與小白素不相識，但它知道我的善良，舔我的手，對我搖尾，可愛極了。生活中有些小事讓人無限美好，比如小白的熱情讓此刻的我覺得美好。我玩了好一會，便起身與小白道別，繼續走路。抬頭卻見對面又是那一張笑臉，那個老外灘江邊的男人，那個酒吧裡遇到的男人，那個此刻在回家路上又遇到的男人。

慢慢走近了，他說Hi。

我也說Hi，真巧。

「是的。」他說：「其實我的公司就在附近，剛加完班出來透口氣，看來你也是咯。」

他指指我手上抱著的一疊資料以及手裡拎著的本本。

我點點頭。「有沒有興趣喝一杯咖啡？」

原來我們站在一家COSTA的門口。「喝咖啡太晚了，我想睡個好覺。」

「沒關係，裡面有別的。」

「也好。」

他要了一杯摩卡，我點了一杯奶，加一份糖，又加了肉桂粉。

我們在靠窗的位置坐下。見了三次，此刻我才真正看清楚他的臉。工作一天之後，我看到他臉上有一些疲憊，眼睛依然有

神，即使隔著一副黑框眼鏡。講到某些問題，會略鎖眉頭，看上去有一點點深邃在思考的樣子。純正的普通話，非常好聽。以至於生長在南方的我，為自己的發音自慚形愧，沒有明顯的前後鼻音，尤其發到Jiang、Zhang這兩個音，他會區分不開來。於是我會頓著再說一遍，感覺很搞笑。我們聊到工作，閱讀，旅行，攝影，A城周邊其實也無甚好的景點可以光顧。我講了許多話，甚至比他講得更多。每講完一點，他總是習慣性地點下頭，說句「嗯，挺好。」如此反復之後，我禁不住笑出聲來說，「這是你們北方人的口頭禪吧，其實真有那麼好嗎？哈哈哈。」他笑一笑，我繼續問：「你們是不是有句話叫「滾驢子」？他想一想，說「是滾犢子吧？」我點點頭，「哦，對，直譯過來，就是翻滾吧，牛寶寶！」他被我的話逗笑了，這才意識到，原來他笑的並不多，即使笑，也只是臉上，嘴角淡淡的意思意思。晚上十點，我們從COSTA出來，他送我回家，就像上次一樣。我們走得很慢，到了樓下，我說聲再見。以為他也會這樣說，但從他嘴裡說出的卻是一句「謝謝你陪我聊天。」我笑一笑，「不客氣，我上去了。」他卻沒有離開，向我走近一步，我本能地想往後退，他卻一把把我拉進他的懷裡。我的頭剛剛貼到他厚實的胸膛，我聽到他的心跳，有一瞬間，我以為是在李默然的懷裡。他的手滑過我的頭髮，輕輕托我的下巴，那感覺太相似，可我知道不是。就在他想要親吻我的瞬間，我猛一把推開他，衝到了樓上。留下他在原地。關上門，我靠著門，滑落到地上，眼淚不止。「李默然，你個混蛋，你究竟去了什麼地方？」這是我心裡最大的聲音。

——To be continued

第二章

1.

　　日子依然往前推去，冬天即將過去，春天就要來臨。我的生活沒有什麼大的變化。期間只是跑到巴斯聽栗子唱歌，喝酒，聊天。某個工作交接完的下午，只是覺得很久沒有回家。儘管天氣不好，也毅然決定回家。下午四點，天下著雨，寒冷，潮濕。我背一個書包，撐一把傘，迅即穿梭於人群之中。我住的地方離車站很近。買到車票之後，便在候車室等候。這才意識到自己的疲憊，開始頭疼。車廂內因空氣流通不暢，充斥著一股濁氣。我的座位靠窗，凝視窗外風景，呼出的氣體給車窗玻璃蒙上一層陰影。戴著一個大的耳麥，耳中音樂沸騰，心裡卻很平靜。三個小時後，車至B城，一個熱鬧小鎮，我的家鄉。父親開車來接我，早已在路邊等候。B城也下雨了，我的雙手，雙腳冰冷。車開一刻鐘後到家，小波熱情迎接我，歡蹦亂跳。我抱抱它，揉揉它的脖子，任由它親我的臉。母親愛狗，比我更甚。小波是一條普通的中華田園犬，三歲，已然成熟，是一條聰明的狗狗。母親為我準備了足浴，放一些艾草，驅寒祛濕。煮一碗鹹菜年糕湯，我邊泡腳邊吃，享受著公主級的待遇。年輕人的自私，有時是只在疲憊時才想到家裡，彷彿這世間的敗仗吃夠了，總是有這個避風的港灣可以依靠。父母親永遠等在那裡。期間閒聊，比如在家待多

久，工作如何，是否找了男友。未婚子女的父母親，總是盼望孩子早些結婚，成家立業。這好像成了他們最後的任務。總是清楚自己會早一步離開這個世界，不忍留了孩子一個人獨自在這世間。要她找一個好的人陪伴，共渡苦樂，有自己的孩子。儘管我深知生命最可貴之一是自由，給予生命，也要給予自由，自主選擇的權利。結婚或者不結婚，都是可以。但依然瞭解天下父母之善意。

母親為我鋪好了床被，被窩裡塞著一個暖寶寶，我從家裡的陳列櫃翻出一瓶紅酒，打開，喝下一些。我會喝酒，但酒量不好。酒精開始慢慢發揮它的作用，況且我是真的累了。關掉手機，迷迷糊糊睡去。第二天一早醒，換了舒適的衣服與運動鞋，我牽著小波去跑步。回來時母親已經準備好早點。吃過早飯，父母出門上班。他們終年忙碌，除去每年過年時大概一周左右的假期，平日裡再無閒暇。父母勤儉，祖上三代，皆是農民。儘管我在A城，也算個看似光鮮的小白領，時至今日，我的戶口也依然是農村戶口。生命的前十年在一個閉塞、落後的農村度過。不過，那時的天空很潔淨，日子也很單純。夏天在水塘裡游泳，跟著哥哥赤腳爬樹，抓龍蝦，蜻蜓，知了，玩泥巴。所有80後農村小孩玩過的遊戲我都熟悉。享受過農忙假，幫大人割過麥子，稻子。偷過別人田地裡的草莓，抓過青蛙……

我年幼時住的房子會漏水，我讀的幼稚園曾是個養牛場。一個教室坐滿大、中、小三個班級的學生。五歲，母親說，你該上學去了。與鄰村那個張老師打聲招呼。第二天，我哭喊著，極不情願地被送進了幼稚園。

　　母親年輕時很漂亮，心靈手巧，做刺繡，針織，都極為擅長。高中畢業之後，不甘心只是做一個農民。便輾轉於各個工廠尋一個活做，只要不下田種地。我的父母，是極互補的人。母親不喜歡數理化，寫一手好字，作文和英文都很棒。而父親討厭英語，語文。上高中時寫一篇作文，虛構一人名，叫「錢本造」。後來受到老師調侃：你啊你，寫的東西果然都是「全本造」的。他喜歡物理，特別愛搞電路什麼的。以至於我高中時學物理，搞不懂的電路圖全能被他拿下。父母念高中時，已然家家戶戶都裝了喇叭，收聽廣播。現在的農村裡，依然都是有的。家裡有一個收音機，他喜歡鼓搗這玩意兒，拆了裝，裝了拆。結果有一次，搞得全村的喇叭都發出類似於「警鳴」的聲音，因為某一個我現在已然解釋不清楚的物理原理。老師問父親：「你將來想要做一個什麼樣的人？」當時讀高三的父親已無心學習，只想走出學堂，快快賺錢。他說我要做一個木匠。後來，父親跟著師傅學手藝，他成了一個木匠。當時父親就是在母親家裡做活的時候，遇見了母親。我母親當時全然不知，早出晚歸忙於工作。是我的外婆看中了父親，覺得父親雖然窮苦，但為人實誠，值得託付。我的外公年輕時駐紮在東海，為人正直，受人尊重，是個退伍軍人。比起父親家，母親家的光景要好許多。但外公更看重父親的為人品性，於是安心將母親嫁給了父親。儘管當時，在經濟上，能選擇一個相對富裕的家庭。

　　婚後，父母一直住在一間小房子裡，日子也過得很拮据。父親一直在縣城裡工作，騎自行車回家需要兩個小時。我生命的前十年，與父親並不親呢，只是與母親相依，儘管她也忙於工作。

年幼時，奶奶和外婆輪流照料我長大。但不管怎樣，母親總能與我一塊吃晚飯，晚上陪我睡覺。父親與我就相對陌生了，有時一個禮拜見一次，有時半個月才見上　面。

　　我小的時候不喜歡讀書，有哪個小孩特別喜歡讀書的嗎？終於被父母知道我不做家庭作業的事情。那次父親剛好回家，從縣城買回一堆書給我。碰上被母親告知沒有完成作業的事情。他十分生氣，將我一頓打，再把我的書包扔飛到院子裡，說從此不用去讀書了，還讀什麼書呢？我在我們家族裡是唯一的女孩，上面幾個都是頑皮得要死的堂哥，因此是極受寵的，儘管當時也沒有什麼好的物質條件能寵一個孩子。但至少我一哭，住周圍的伯伯嬸嬸都趕來。連幾個頑皮的哥哥也幫腔說好話，叫父親別打了。雖然我小時候不喜歡讀書，但成績一直還是不錯的。這種窮開心的單純的農村生活持續了十個年頭。十年，父母辛勤勞作，攢夠了錢，終於有能力在縣城買下一套一百平的房子。我以為我到了縣城之後會天天逛兒童公園，有更好玩有趣的日子。在某種新奇感結束之後，我也嘗到了城裡小孩的孤獨寂寞，沒有人一起玩，還被管著不能看足夠時間的電視。課餘閒暇還得上個補習班，報個興趣班。奧數什麼的，我現在想起來還討厭。想想我那時真是傻啊，尤其是處在當下，有點稍微厭倦了城市之後。但是說到底B城只是個小縣城，與A城不一樣，生活節奏慢一些，幸福指數高一些。母親因為遷徙就失去了工作，當時家裡所有的開銷，全由父親一人支撐。正如父母親結婚時，父親對母親的承諾：你放心，只要我有這門手藝在，就不會讓你餓著，凍著。後來又多了個我。日子再怎樣緊湊，都不會在我身上緊湊。受父母言行感

染，我也算個勤儉節約的好孩子。年少時，也沒有那麼多物質欲求，更容易滿足。

——To be continued

第三章

1.

在家待了三天之後，我又回到了A城。雖然我的工作能允許我一定程度的自由，但再怎樣自由，我都不至於要離開A城太久。生活除去工作這一塊，還有許多其他的版塊。從家裡回來之後，天氣就開始漸漸轉暖了。春天就要來了。我還是會跑到巴斯聽栗子唱歌，同他們一起吃飯。大部分的時間，還是自己一個人度過。會收到Alex的電話，短信。Alex是陸胤的英文名。一開始覺得蠻生疏，但我後來卻很習慣這麼叫他。大部分都是邀我見面吃飯，喝茶，看電影。有時也沒有什麼實質性的內容，屬於簡單問候。不管怎樣，都沒有像那次我家樓下那樣對我有過分言行。也沒有說什麼喜歡我之類的話。只是我能從他的眼神裡感覺到他的好感。這故事很老套，比如接下來我就該說是呀，我長得很普通。工作於我只是我的喜歡，也並不算有多好，至少用世俗的眼光評判，大家都會偏向於公務員啦，老師啦，醫生啦。另外嘛，我也很粗糙，大部分時間不化妝。總之，所有的條件都只是過得去。像Alex這樣一個外企的高管，長相才識都很出眾。身邊應該圍繞著身材火辣，優雅端莊的女人，與我有什麼半毛錢關係呢。他的答案是，你嘛，有點小清高，有點小品位，有點小文藝。對我來說，剛剛好。我不是經歷很多感情千錘百煉之後的女人，所

以這話聽著還是開心的，尤其出自這樣一個男人的口中。其實於我自己看來，只不過是一個在這個名利盛行的社會中打拼的男人，尋找一些並非他那個階層，那個世界所能感受到的一些東西。或許我能讓他覺得輕鬆愉快吧，至少他笑的更多了。Alex對我的青睞，是對我虛榮心的極大滿足。儘管我的心裡還一直放不下李默然。

——To be continued

2.

　　樂隊後來成名了，至少成了學校裡人盡皆知的樂隊。Seek dream——沒有夢想，多麼可怕，那麼就去尋找。首演很轟動，吸引到了很多學生。尤其是小學妹，似乎一半是抱著看帥哥的心態來的。開始之前，我一直在後臺陪在李默然身邊。儘管他訓練有素，說很少的話，從來不將內在的心理外露，但是我依然感覺到了他的緊張。其他人也是一樣的，栗子也是個淡定的人，但在首演開始之前，每個人都很緊張。就連我這個陪在身邊的人也一同緊張起來。幾個樂隊成員在上場前互相鼓勵，壯壯勇氣。我也和他們一起，將手搭在一起，大喊一聲加油。李默然看我一眼，我笑一笑，握著拳頭喊一聲加油。他也微微一笑，自信的樣子，然後就上場了。這是李默然期待已久的首演，他等這一刻等得太久了。並且不再有很多的時間。過完暑假，李默然就大四了。或許，從某個層面來講，他學生時代的樂隊生涯要結束了。我當時並不知道他是否要去找另一個夢想。他的樂隊，他要交給誰。我沒有讓自己困在這些問題太久，我只想站在喜歡的人身後，默默地支持他。等他們一上臺，我也立馬轉到了舞臺旁邊。栗子賣力地演唱著，大多歌曲，都是翻唱，改編。也有些許是李默然寫的歌。無論何時，我都喜歡看李默然安靜而認真的樣子。他穿了T

恤，寬大的中褲，運動鞋，頭髮短短的。每次上場，他都不戴眼鏡，他只有在看書的時候戴著眼鏡。雖然舞臺上的燈光時暗時明，但我依然可以看到他T恤的右手臂上有我用黑色水筆寫的名字。他本來不願意的，但是拗不過我。在台下注視著他的我，偷樂著李默然就像是我的寵物一般。我當時的佔有欲是那樣的強烈，似乎想要讓盯著這個舞臺的所有女生都知道，李默然是我的，你們不許搶。年少時多麼幼稚，但至少可愛直接。首演很成功，之後，樂隊的成員就更加忙碌了。演出很多，也經常去校外參加表演或者比賽之類的。好在大部分的演出都是在週末，因此，只要一有時間，我總是陪李默然一起。栗子課業繁重，寢室就只成了她睡覺的地方。她大部分的時間輾轉於排練房，教室，實驗室，圖書館。忙得不可開交，總是要等到將近十一點，快熄燈了，才見到她從外邊回來，匆忙洗漱睡覺。李默然是不去上課的，但是他每次考試都成績不錯，再差也能保證不掛科。因此，老師也很少找他的麻煩。平常空閒，我也會到他住的地方找他，只是後來，這樣的時間也不多了。排練房裡來看他們的MM也更多了，還時常有人坐我的位置。我便懷念起以前相對悠閒的小日子。李默然的床很大，床頭擱著一把吉他，不同牌子的大小耳麥，還有他那個D90的單反。一邊散亂地攤著一些書，幾乎占到了他一半的床。雜七雜八，涉於音樂，宗教，哲學，人文地理，歷史……李默然不喜歡去上課，但是讀的書卻很多。懶洋洋的午後，我會躺在他的床上看書，他則坐在床邊，一邊彈吉他一邊創作。不說話，這樣待著，感覺就很好。我總是看著書就睡著了。醒來時他替我蓋好了被子，自己則坐在旁邊看書，有時在寫著什

麼東西。我總是忍不住從背後去抱他，寬闊的肩膀很有厚實的安全感。貼著他的背，可以聽到他的心跳。他說我像一隻溫柔粘人的小貓。如果時間能永遠停留在那一刻，該有多好。

──To be continued

3.

　　某個週末，與同事一起聚餐。老大竟然選了家頗具小資情調的餐館，名叫柒號。這個在義大利待了十年的人，骨子裡被異國的文化滲透了浪漫。我與同事的關係，都很一般，平常在辦公室裡的時間不多，即使待著也主要忙於公事，很少和人說話聊天。但是同事之間的活動有時也還是參加的。吃飯，K歌，泡吧，燒烤，打球，也無非諸如此類。像柒號這樣的餐館，適合情侶約會，或者閨蜜聚餐。公司一夥人吃飯顯然很不搭調。就這麼邊走邊想著，目光竟掃到了一張熟悉的臉，這回不是陸胤，是林碩。他的對面，坐著一個女生，長相甜美，年齡應該比我還小一點。栗子這會兒應該還在加班，醫生的工作實在太忙了，而且動不動的還要各種考試。儘管我知道現在這個社會，有了男女朋友的人各自還有異性朋友這是很正常的。但是女人的本能就是容易把事情往曖昧的那一面想。況且是這麼有情調的餐館，女孩子那麼甜蜜的表情，似乎都在一一驗證我的猜想。我一邊胡亂地想著，腳步還是不由自主地跟著一夥人過去。我慢慢走近時，林碩終於注意到我了，他故作鎮定又有點尷尬的樣子讓我覺得心頭一涼，我不知他是否注意到了我儘管臉上微微地笑著，心裡已經為著栗子和眼前的景象不能平靜了。林碩簡單地介紹說，這是我的一

個朋友。我和那女生禮貌地相互說了句你好。我說明是公司聚餐，便走開了。

　　一頓飯吃得心不在焉，栗子，林碩，和那女生的臉，在我的腦袋裡不停地晃蕩。最主要還是擔心栗子，栗子究竟知不知道。從栗子給我的情緒來看，她很開心，沒有什麼異常，那應該是不知道？我要不要告訴她，可萬一不是那樣呢？……一邊又還顧及著要和同事聊天，狀態糟糕極了。飯畢，出了餐館，同事們各自開車，打車離去，作鳥獸散。我也準備打車離開。聽到有人叫我的名字，一回頭，是林碩，靠著他的Q5抽煙。我走過去。他將煙蒂掐滅，扔到了垃圾桶。怎麼說都是紳士。換做平常男人，應該是將煙蒂扔到地上，然後踩一腳，那樣似乎也更帥一些。他轉過身，說，上車吧。車開了半小時，已經到了郊區，最後在一個湖邊停下。誰也沒有說話，最終還是林碩打破了沉默。他掏出一根煙，點燃，抽一口，

　　「小木，你不是傻子。」

　　我頓一頓，嘆一口氣。

　　「為什麼？是不喜歡栗子嗎？」

　　「不，我喜歡她。」

　　林碩說得很慢，他的表情泛著淡淡哀傷「她的出現，就像我人生的每一步既定，我們門當戶對，結婚，生孩子。和別人一樣的生活。」

　　「從小到大，我都活在我父親的意志裡。用功讀書是為他，去英國讀MBA是為他，回國後進入家族企業還是因為他，從來沒有為自己活著，做自己的選擇。就連我的婚姻，也不能自己做

決定。這種被安排的生活，讓我充滿厭倦。」

一開始還在心裡替栗子默默怨恨著眼前的傢伙，等到林碩說到這番話時，我竟開始慢慢同情起他來。

「栗子是個好女孩，如果我們換一種方式遇見，也許我會愛上她吧。」他的臉上浮過一絲淡淡的苦笑。

「你想讓我怎麼辦？當做不知道嗎？她就像我的姐姐一樣。」

「我知道，我不能勉強你任何，我也不能要求你做任何事情。」

「請你不要傷害她，我知道她是愛你的。我從沒見過她對哪個男人像對你一樣。」

林碩吐出一口煙圈，臉上帶著內疚。沉默良久，又是沉默。

「你究竟想要什麼？」

他無奈地回答「我也不知道……」

談話再繼續也沒有任何意義了，這是一個讓我失眠的夜晚。我能體味林碩內心想要做回自己的衝動。他這樣一個成熟優雅的男人，內心竟然是這樣一種無奈。表面的光鮮亮麗只能迷惑外人的眼睛。這麼多年，原來他是不幸福的，他從來沒有為自己活著。年近三十，開始遺憾過去的歲月沒有自己主宰的痕跡，甚至連他的婚姻，也要帶著某種程度的被設定。如果他不能奮力抗擊，那也只是困獸之鬥，如果可以，那麼栗子會如何？他和栗子，看似那麼幸福，那麼令人羨慕的一對，背後竟隱藏著這樣的危機，他們會怎樣？

——To be continued

第四章

1.

　　兩個小時後，車至平湖。城如其名，安靜，與我的世界天壤之別。菜花開一輛紅色馬六，在路邊等候。戴黑框眼鏡，亞麻色長髮曲卷，沉默如昨。倚著車門，笑著向我揮一揮手。徑直把車開到了她住的單身公寓。

　　菜花是我的大學同學，除栗子外另一個聊得來的室友，是一個對文字，音樂頗有品味的人，知性的文藝女青年。讀書時，我們經常在不眠的深夜，聊得昏天暗地。用我的話調侃，那是碰撞智慧的火花。但我們之間的關係，或許可用若即若離來描述，彼此有太過相似的那一面但同時又保留著獨立的人格。不管怎樣，是惺惺相惜的。畢業之後兩年，我們沒有聯繫。她一通電話邀約，我就處理好手頭的事情，奔赴到她的城市。如果角色互換，她也會為我如此。她說，這是君子之交淡如水。我笑了，確實。

　　她的單身公寓，佈置簡單，潔淨。但不失風雅。房間裡擺一個書架，滿滿的書，不同類別。相框，各種有意思的小東西，可能來自於旅途中的各個角落，也許只是生活中比別人更敏感細緻的她所尋獲的各種小擺設品，書籤……書架旁，放著一架古箏，夾著一疊曲譜。另一側，是一張書桌，放了宣紙，筆墨，桌上的

那一本書攤開，用鎮紙壓著。想來在到車站來接我之前，菜花正在讀書。

飯後，菜花沏一壺茶，用古箏彈奏一曲《高山流水》，我們之間，這一曲最合適。她要去上海了，放棄此刻此地擁有的一切。她的房子，她的車，她的高收入的工作。她向在上海的一家瑜伽會所提交了入學申請資料，月末就離開。期間又談論很多，當然她也問起李默然。我跟李默然之間的事情，她是知道的。看著我們戀愛，看著我們瘋。那時因為年輕，有那麼衝動的情感表述，受一點挫折時，就像一個叛逆少年，裝腔著抽煙喝酒來發洩，其實很幼稚。我此刻所能做的只是搖搖頭，淡淡地說一句不再有聯繫……

平湖離西塘不遠。菜花開得很慢，一邊介紹沿路的建築於我認識：體育館，她的高中母校，公園……半小時後，就到了西塘。菜花用吳儂軟語與停車場的保安，賣票處的工作人員，還有旅館的老闆交涉。我在一旁安靜等待，默默聽著。我能聽懂全部的意思，但是不能講。言語之間的隔閡，其實並不算遙遠。只是我們的方言，太生硬了。於外人聽來，那就像吵架一般。

三月的西塘，楊柳依依。人是極多的，擁擠不堪，有些地方幾近摩肩接踵。西塘的週邊，是一個淩亂小鎮，裡外是兩個不同世界。這是個文藝青年的地方，旅人多帶學生氣息。手機，卡片機，單反，到處有人拍照留念。臭豆腐飄香，小餛飩，茨實糕，龍鬚糖……隨處可見花布大圍巾，民族氣息濃厚的花衣裳，江南地帶，糕糕餅餅都可說成特產。去過烏鎮和南潯古鎮，想來也有些年數，且是不同季節，都不曾這樣擁擠。夢裡水鄉，酒吧一

街。夜色漸濃，喝酒聊天，歡快時跑到臺上歌唱。吧裡的變性女郎搔首弄姿。豁然一見，有女子氣息。但依然帶男人剛硬。台下閃光燈卡擦卡擦。她內心或悲或喜，或無情緒。

　　與菜花夜聊至淩晨兩點，在一張舊式雕花木床中漸漸睡去。窗外打雷，繼而雨點落下。彷彿太倉促，來不及收拾暴露在外的情緒，只好任大雨通通打濕。心頭一直盤旋著菜花說的那句話：有時候，只有讓自己迷失，我們才能將自己尋回。我羨慕菜花的灑脫，可以放棄那麼多，只是去實現自己一個簡單的夢想。做一名瑜伽教練。突然反問自己：喜歡現在的自己？至少某種程度上，我也遵循了心的指引。但是，我們不能事事如願吧。

——To be continued

2.

　　回A城的途中，我覺得疲倦瞌睡。迷糊中想念母親，想念潔淨帶著太陽味道的舒適棉被。鄰座的男子，操濃重的北方口音，幾乎打了一路的電話，多為商務事宜，想來為工作所泊。最後一通電話，打給他的母親，語調溫柔，帶著些許無奈，關照其身體。我睡過之後，便又習慣性地看窗外的風景。其實窗外也無甚好的風景，只是發發呆，打發時光。

　　接到Alex的電話，沒有見他，沒有聽到他的聲音，沒有他的訊息，已經好幾天。我也會有點小小的失落吧。他去法國出差，剛回到A城，下了飛機，就給我打電話。我說A城大雨滂沱，小心一些吧。他說是呀，你自己還不是照樣的愛跑。沒事啊，哈哈，不行咱游泳。一個小時後，我在A城的車站，見到來接我的Alex。我背一個背包，穿一雙運動鞋，素顏，帶一點短途旅行之後的疲憊，看上去應該有一些邋遢和粗糙吧。Alex倒是顯得很精神，牛仔褲，休閒外套，身上還帶著淡淡的古龍水味道。看來已經回過家，洗過澡，換下了他那套職業裝。其實Alex穿西裝很漂亮，因為他人高，肩膀寬，能把一身西裝穿得很有型。這樣想著的時候，我又暗笑自己真是個色女。

　　「西塘如何？」

「西塘不錯，就是人太多。如果沒有被那麼多人發現，那該多好。」

「大部分通過網路和言傳獲知的旅行地，別的人也都是能夠發現的。只有你自己踏上了旅途，留心尋索，才能找到不為人知的好地方。」

「有道理，法國怎樣。」

「法國不怎樣，你懂的，我只是去工作，時間緊湊，沒有太多閒暇。有機會，去旅行吧，應該會喜歡的。」

「嗯。」我點點頭，「你不用倒時差，睡睡覺什麼的？」

「呵呵，我在國內時，又有多少時間是嚴格按照東八區的作息。」

「日夜顛倒，沒有正常的作息不好吧，現在年輕，以後老了，身體會扛不住。」

「你開始關心我了嗎？哈哈，你自己還不是這樣。」

「好吧，那我不說了。」

「嗯，是可以不說了，因為我們到地方了，嘴巴要用來吃飯了。」

Alex把車停好，從後備箱拿出一把大傘。很溫柔地把傘靠向我這邊多一點點。不得不承認，那種被他照顧著的感覺非常好。不過我小他五歲，又是女生，他理應如此的吧。我們去了柒號，又是柒號。立馬又想到去西塘之前在這裡撞到林碩的事。哎，我在心裡嘆一口氣，不知道他們怎樣了。Alex總是很體貼地問我要吃什麼，這個好不好，那個好不好。其實我很好養，什麼都能吃，不挑剔的。我就嗯，啊，好的，喜歡的，這樣一一應和著。

他很愉快，完全不像是辛苦工作完了，沒有睡飽的樣子。距離我第一次在老外灘遇到他，已經快半年了。他好像比以前快樂了。也許是因為適應了A城的生活之後，一切都很順心的緣故吧。我有時會很想要看看他認真工作的樣子。儘管他有很好的修為，但是也是會發火的。我有時會忍不住想要做點什麼事情來讓他抓狂，看看那到底是種什麼樣子。但是目前為止，還沒得逞。我內心抱著不達目的，誓不甘休的態度。但是他卻總是淡淡一笑，然後無比輕鬆地說：「你是小女生，我不跟你一般見識。」

「Alex，你怎麼不結婚呢？你三十了吧？」

可能是我的樣子太認真了，Alex顯得有點吃驚，其實我也只是想到林碩，只是想要知道婚姻對於男人究竟是怎麼一回事情。

「小木，婚姻始終都是世俗的，要考慮的問題太多了，但是最後，我們都會隨大流的。」

他說得很慢，而且臉上的表情失去了原先的輕鬆。

「我一定會找到那個人的，不然我不結婚。」我一邊說著，一邊心裡想著即使我這輩子再也找不到李默然了，我也一定要找個愛的人結婚。

「生活中，可能適合於愛的人很少在適合於愛的時間出現吧。結婚遠比愛情麻煩的多。」

Alex講這個話的時候顯得有點失落，好像受了這世界的限制，無限無奈似的。我想有時我並不曉得他究竟處在一個怎樣的世界。

即使我們竭盡全力，又能瞭解一個人多少呢。過去二十幾年，將近三十年的時間跟經歷都沒有互相參與，我們憑什麼在這

短暫的相遇裡瞭解和理解一個人呢。生活教給我們的，無非是隨著年歲增長的成熟，學會了愛護跟包容，哪怕站在不同的觀點之上。事實上很多時候，我們根本就不能夠做的很好。但至少努力想要做到吧。

我原本是想要從Alex這邊得到一些解釋的，可是他卻把我引到了另一個更加廣闊迷惑的世界。而我也總是敏感到足夠能覺察到一個人細微動作的變化。有時，敏感真的不好，不僅會傷到別人，也會傷到自己。

沉默一會，Alex變出一個小紙袋給我，袋子很精緻很漂亮。他淡淡地笑著：「這個送給你。」

「什麼東西啊？」我一邊好奇的問著，一邊打開袋子，原來是一瓶Kenzo的純淨之水。儘管我不怎麼用香水，但是還是知道一些的。這款有著蓮花清香氣的香水清新，脫俗，又很優雅。

我將鼻子湊近瓶口嗅一嗅，說聲「謝謝，很不錯，不過，其實我還真的不怎麼用香水誒。」

「也許你會喜歡的吧，有些東西不要隨便就去抵制，多一些嘗試，可能會有更多樂趣的。」

「嗯，同意。」我點點頭。並且在晚餐結束後堅持付了這一頓飯錢。Alex拗不過我，只好順著我。

——To be continued

3.

　　從西塘回來好長一段時間都沒有見過栗子，其實從上次同林碩見面之後我就沒有見過栗子。雖然可能對於我來說也有點逃避的成分，但是主要還是栗子實在太忙了。終於有一天，栗子叫我到她家裡吃飯。她在單位附近租了一個五十平米的房子，她父母的家離醫院比較遠。雖然栗子有車，但是大部分時間她都是騎自行車或者步行。實在要用到車的時候，林碩自會親自接送的。雖然我知道林碩在外邊有了別人，但是他還是會對栗子好的。這是他的本性所致。

　　週末，拿了一瓶紅酒去栗子家裡。她系了條圍裙，忙著做菜。我放下包包，和她一起在廚房忙活。有時候，閨蜜之間的相處更有意思，可以無話不談。兩個女人，嘰嘰喳喳地講一大堆的話，親密無間。

　　「林碩不過來嗎？」

　　「嗯，他本想過來的，我覺得我很久沒跟你兩個人一起待著了，就是那種甩開男人，兩個妞在一起。」

　　「哈哈，我也覺得。」讀書時，我有李默然，李默然離開之後我們又各自忙著讀書，考試。然後栗子小姐又有了林碩。但是不管怎樣，我們都還是儘量湊時間。尤其很多時候，男人並不實

用。倆女生一起逛街有意思多了，倆女生一起八卦有意思多了，倆女生一起找好吃的也有意思多了，總之，女人之間的相處模式真當是可以很好玩的。

栗子做了好些菜，我們開了紅酒，一杯杯喝下去，喝得微醺。栗子臉上泛起微微紅光，我也覺得很愉快，甚至忘記了林碩的事情。飯後本來就容易犯睏，又加上酒精的作用。到最後，倆人都十分慵懶地窩在沙發裡，嬉笑著說一些話。

「小木，林碩外邊有人了……」

栗子說的很平靜，而我臉上的笑容卻凝住了。是啊，什麼事情能瞞得了栗子。我一時不知該如何接話。

「是不是毀了林碩在你心中的形象，你一直都覺得他不錯。哈哈哈。」

栗子說得很輕鬆，貌似有意隱藏了她心裡的痛苦。她一定忍受了很多，我卻不知怎麼安慰，因為愛情本身就讓旁人無從安慰。只是當事人的經歷，有時甚至沒有對錯、結果可言。

「你什麼時候知道的？」

「有好長一段時間了吧，可能從一開始就知道了。女人的直覺，真是要命。」

是的，一個女人若是愛上一個男人，他稍有心猿意馬，她都是知道的。無非有時，不點破罷了。

「那麼，你打算如何？」

「其實我也不知道能如何，如果我說我還不想他消失在我的世界，你是否覺得我沒有骨氣？我愛上他了，幾近沒有理智。只是表面安然。」

「很辛苦吧。」

「哈哈哈，名利權情，哪一樣不苦?!」栗子一邊豪邁地笑著。我很心疼她，可是我沒有辦法。要不是這幾杯紅酒下肚，她一定還是繼續一個人忍著。

「其實，我也知道了。我在柒號碰到過。」

「那妞怎麼樣？抱歉啊，一向自信的我，有時也和膚淺的女人沒有兩樣。如果按照正常情況，我是不是應該說，那妞怎麼樣？跟我比如何？哈哈哈」

「那妞不怎樣，完全不能跟你比。我覺得林碩並不太過喜歡她。」

「有時這種情況也算悲哀，女人也需要匹配的對手，整這樣一個人反倒是覺得侮辱似的。但是人跟人又有什麼可比性。有些較量太無聊了。」

栗子所說的，也是我想表達的。

「這酒不錯，酒是好東西啊。」她又自顧自說這樣一句話「小木，其實當年，老大跟外語學院的那個女生真的沒有什麼。人家喜歡他是不假，但是他對人家沒有動心思的。」

「我看到他們在排練房擁抱了。我不知道，這可能只是個導火索吧，我也不能再忍受我們明明那麼喜歡，卻爭吵那麼多，非要搞得彼此不痛快。我也不能再忍受，你們在學校裡出名後，有那麼多的女生喜歡他，圍著他轉。我開始對自己失去信心，開始對他的感情失去信心。我不喜歡自己那樣，太累了。」

「我始終覺得他只喜歡你，我跟他認識很久，我瞭解他。可能感情，就是當局者的迷，往往旁觀者清。」

　　李默然畢業快離校時，我們已經分手八個月了。畢業季總是多離愁別緒的。儘管我們不見面了，不聯繫了，可是我與他們的圈子混得太熟了，有些割斷太不容易了。我總不能因此再不理栗子了。樂隊裡的其他人，有些也混得跟哥們似的。一開始，除了栗子，他們不瞭解情況。路上偶爾碰到了，也還是問起「小木，你最近怎麼都不來了，又跟我們老大鬧彆扭嗎？」

　　某天晚上，我在圖書館看書。接到栗子的電話，讓我過去學校附近的小酒吧。原來是他們樂隊一夥人聚會，算是為即將畢業的李默然和程程踐行，這也是個散夥飯吧。一到酒吧，就看到喝得爛醉如泥的李默然。一夥人好不容易把他弄到了他住的地方，留下我一個人照顧他。他的酒量其實很不錯，前一年夏天的晚上，我們還坐在操場看臺的地方，愜意地喝酒聊天。記憶那麼近，卻又那麼遙遠。李默然躺在床上，已經不省人事，嘴角留著吐過的殘漬。我找了塊毛巾，幫他擦掉了，又在清水裡搓一把，幫他擦臉上，手上的汗。我盯著他的睡臉很久，直到眼淚忍不住流出來。我俯下身去親吻他的臉頰，就在我身體即將離開的瞬間，他突然抱住我說「不要走，小木不要走……不要走……」我的心就徹底碎了，和當時看到他和別的女生擁抱在一起時心碎的感覺不一樣。那種心碎是久別重逢卻恨再無更多時間留給我們的心碎，是那種為什麼相愛卻不能在一起的遺憾。十天後，接到李默然的電話，說是第二天準備走了。他是航海專業的，當時學校裡有專案，每年的畢業生都可以簽訂合同隨船出海，並且是居無定所的那種。不是在中國海域內飄，而是飄到世界範圍內。一夜無眠，凌晨三點，發短信給他說去送他。他很快地回復過來堅持

不讓任何人送。第二天，大雨滂沱。我瞪著天花板一夜之後，已經沒什麼能量思考更多。只知道這個人我可能再也見不到了，不行！不行！不行！我必須見他一面。我立馬穿好衣服下床。跑到校門口去等，然後給他飆一個電話過去，李默然說已經上了車了。

「混蛋，李默然你個大混蛋！」

「這才像你啊，小木。」

我不知掛了電話之後，李默然是否也會嘆一口氣，點一根煙。但我卻蹲在人來人往的校門口不能自己的哭開了……

回憶，當下林碩和栗子的事，混合著酒精。我和栗子各自占著一把沙發，漸漸睡去……

——To be continued

第五章

1.

　　我買了輛小自行車，輪胎很小的那種。我很喜歡騎著小車出去瞎晃，一邊聽著歌。有天晚上從公司加完班出來，已經是晚上八九點鐘的樣子。我有些疲憊，想要急速地回到家裡睡覺。剛騎出單位那棟樓還不到500米的距離，就不知怎地，感覺背後被一個巨型機器撞擊，持續了幾秒鐘，想到是被車撞了。內心無比恐怖，那種生命不被自己掌握的恐慌。可以用余光看到車的金屬部件與地面磨擦所產生的火花，持續幾秒鐘，眼前的世界翻滾了，我被甩出到地面上，車留在身後。跌落之後，沒有昏迷過去，萬幸啊。我掙扎著想要爬起來，但是卻不能。我的右腳不能站立。手掌，褲子好幾處都磨破了。正在我掙扎著欲站不能站立的時候，那個肇事司機從他那駕駛座跑了出來，趕緊扶我一把。「怎麼辦，你跟你的家人通個電話吧，我送你去醫院要緊，不保護現場了，你看這樣可以嗎？你放心，我會賠償你所有的費用。」我被恐懼震懾了，幾分鐘之前那一出搞得我失去了淡定，我心裡還在震顫著，已經沒什麼主意了。你說怎麼樣就怎麼樣吧，我就想到醫院裡去。我人是被甩出去了，我的背包倒是還死死貼著我的背呢。我被攙扶著，從裡面翻出我的電話。僅剩一點淡定理智，我不能在這個時候打電話給我的爸媽，儘管我第一時間想到他們

了。但是不行，現在是晚上。我不能讓他們現在立馬往我這裡趕，而且開車從家裡到A城，至少要三個小時，我不能讓他們為我擔心，還於事無補。這個時候，就只有栗子了。而且她上班的醫院就在附近。我被攙扶著，顫顫巍巍地打電話給她，先自己鎮定了下，說我被車撞了，人沒什麼大礙，你別慌，別擔心，現在就去你們醫院……我還沒說完呢，栗子立馬接上說，你別怕，我現在馬上去醫院。

　　可能因為害怕的緣故，我在去醫院的路上開始情不自禁地流淚顫抖。生命有時很脆弱，剛才那一瞬，我甚至感覺到了死亡。剛到急診室坐下，栗子和林碩就趕到了。雖然我一再跟自己說淡定，但是一看到栗子，我止住的淚水就又不能自已地流出來。她立馬拉過我的手，搭著我的背說沒事的，別怕。醫生開始檢查我受傷的部位，除了腫起來的右腳需要拍片子做鑒定之外，其他幾處都是皮肉傷，應該沒什麼要緊。栗子一個勁地問我還有哪裡不舒服，一定要做徹底的檢查，以免後遺。然後我又被背著去拍了片子。結果是右腳踝骨骨折，需要手術。我的傷口做了簡單的處理包紮之後，又被安排了一張床位住下。整個人都亂七八糟，腳用小被子墊高，開始越來越疼，也越來越腫脹。差不多是整條小腿都腫了起來。我瞪了一晚上的天花板，腦袋裡都是被撞擊時那幾秒鐘的情景。依然很害怕，內心升騰出對生命的敬畏。栗子不管我和林碩的勸說，在床邊的躺椅上陪了我一個晚上。甚至林碩說由他來陪，讓栗子回去她都不肯，真是委屈她了。為了不打擾到鄰床的人休息，我們也沒說什麼話。我有時默默流淚，她知道我沒有睡著。有時直起身來問我是不是很疼，安慰我不要害怕。

我苦笑一笑，告訴她我不是害怕傷痛，而是感歎生命脆弱，甚至敬畏死亡。我慶倖我並無大礙，還能好好活著。

　　折騰了一個晚上，終於捱到天亮。我的腳已經疼得不行了。栗子回了趟家梳洗下。我已經把我住地的鑰匙給她。她也跑到我住的地方，整理了一些換洗衣物，毛巾等需要的東西。等她再回來的時候，林碩也跟著一起過來了，拎了一個大包，全是我的東西。栗子說，她得回去工作了，叫我別擔心。林碩陪我一會兒，也被我勸回去了。是時候給爸媽打電話了。我儘量將事情輕描淡寫，事實上我也沒有什麼大的問題。三個小時後，見到匆忙趕來的父母。母親一見到我就開始抹眼淚，我那腫起來的腳確實疼得厲害，不過還能堅持。下午的時候，我的主治醫師過來了，略微有點發福，不過挺高大的。栗子站在旁邊，另一邊是個較年輕而高瘦的醫生。大部分醫生都很拽，只是自顧自討論研究，他揭開紗布，看看我的傷口。揭紗布的時候，我說醫生，你輕點啊，好疼。旁邊那個小醫生就禁不住笑了。栗子介紹說，這位是趙醫師，後天給你開刀，旁邊那位是張醫師，他的徒弟。我點點頭，問聲好。說醫生現在什麼情況呢？趙醫師很幽默：「沒什麼情況，不嚴重。你回家弄個酒精燈，弄把刀，弄個錘子什麼的鼓搗下也行。」他見我嘴巴張得大大的，做目瞪口呆狀──我從沒見過這樣的醫生。就接著又說「手術安排在後天，做好準備吧。」說完就一陣風似的飄走了。父親趕緊跟出去暸解情況。其實情況真的不嚴重，就是踝骨折了，裡面打兩個釘將骨頭復位就行。住院部裡總有些靠陪床而賺錢的阿姨，隔壁陪床的阿姨這會就說起趙醫師來了，挺好的一醫生，三十三了吧，還沒結婚呢。人很好

的呢，院裡最好的骨傷科大夫，活做得可好了。嗯，略微有點發福的青年才俊啊，我就蹦出這麼個定義。母親還是有點擔心，驚魂未定的模樣。但是我顯得輕鬆起來了，也好安慰安慰她的情緒。

　　　　　　　　　　　　　　　　　　——To be continued

2.

　　第二日，醫護人員弄了個擔架，將我抬著往各個科室轉悠，抽血，各種指標的檢測。到最後，我又回到我的病床上。一個護士弄了把剃鬚刀，把我右腿上，腳上的體毛通通剃光了，然後用碘酒塗上一層，算是消毒完成。等晚些時候，各項指標的檢測結果也就出來了。一切顯示正常，那麼第二天，我就要做手術了。晚上，母親陪床，在一張小小的躺椅上將就著。父親在附近的賓館住著，來回跑。我勸母親也回賓館睡一會，可是她很堅持。

　　其實腳踝骨骨折修正的手術只不過是個小手術，但是父母依然很擔心，這是出於本能。倒是我，因為知道這無非就是開一刀，將受了挫的骨擺正位置，再用兩根釘將其固定，這基本上沒什麼危險性可言。怎麼說我也總覺得自己是個知識份子，人有時是因無知而無謂的，然而有時卻因有所瞭解才無所畏懼。這沒什麼好擔心的，於是就被沒心沒肺地推進了手術室，留我的父母在病房不安等待。栗子安慰父母，不必擔心，就隨我進入了手術室。我說栗子是你給我打麻藥嗎？她說不是，黃醫師給你打。她換上衣服，只是在一旁陪著我。我說栗子，要不你忙你的去，我那骨頭有什麼好看的哦。一說話，把身邊的醫生們都逗笑了。栗子笑一笑說，你都要挨刀了，怎麼還是這麼不正經。我被他們一

夥人搬到手術臺上。故意問一句：「那我能不能看啊，我也想看看。」這回是趙醫師：「你說呢，怕你看了會暈過去的，到時麻煩咯。」「那不挺好，麻藥都不用上了。」正說著呢，一帥哥，看著有點像白岩松，就把我褲子一拔，往脊椎給我來了劇痛的一針。這回我說不出話了，倒不是因為痛的，而是我不好意思了，臉都開始發燙。不過挺快的，那麻藥師往我腿上一把擰，還有感覺嗎？打完針以後，我就瞬間麻麻的啦，腰以下很快就失去了知覺。然後醫生們就開始各忙各的了。並且一邊還跟我閒談玩笑著。比如閒談中我得知趙醫師原來是我的同鄉人，並且是大找好幾屆的高中校友。從此我就叫他師哥，他也叫我師妹了。栗子一直安靜地在旁邊守著我，而我卻嘻嘻哈哈地和給我動手術的醫生玩笑聊天。我真懷疑是不是有第二個人做手術像我這般。栗子說，你最好安靜地睡一覺。我說正給我動刀呢，人生第一次，這麼興奮的事情，我怎麼可能睡過去呢。不過等到用鑽頭在我的骨頭上打兩個孔，再把釘子用錘錘進去的時候，我真當覺得我全身的肌肉都酸酸的，當然除了我失去知覺的下半身。手術很快順利完工了，我一看牆上的鐘，剛剛過去一個小時。我向各位辛勤勞作的醫生們道一聲謝謝，就被推回到了病房。趙醫師叮囑，回病房後，你最好睡一覺，麻藥醒過來之後會很疼。到了病房，又再次叮囑我的父母，在六個小時內，平平地躺在床上不能墊枕頭。母親見了我，就開始心疼地垂淚。哎，她完全不知道我之前的一個小時聊天聊得多麼開心。在她看來，我是又遭了一通罪了。我說沒事，真是沒事。我還一邊跟他們聊天呢。打了麻藥，也沒什麼感覺，一點不疼。沒過多久，就有護士過來給我打點滴。一瓶

接一瓶，接下來六個小時，沒完沒了地打著點滴。母親叫我好好睡覺，可是我卻睡不著。中間，師哥和栗子，又過來看我一趟，我還是興奮著睡不著覺，並且截住了一段他看她的目光，便暗自篤定，他是喜歡她的。時間過去，麻藥一點點醒過來，我慢慢感覺到疼痛，並且越來越疼痛，就更加睡不著了。六個小時之後，我已經疼得不行了。不過沒有辦法，只能忍著。母親餵我吃飯的時候，也只是勉強地吃了一些，根本已經為疼痛而忘記了飢餓。又昏天暗地地疼了一個晚上，中間模模糊糊地睡去又醒來，醒來又睡過去。好在年輕，身體底子好，等到第二天就好許多了。接下來幾天，就是每天打很多的點滴，護士們尋思著左右兩個手背哪裡還能扎針。我那打著石膏的右腳一直擱置得好好的。醫生每天來查房，叮囑我做一些腿部運動什麼的。我每天都躺在床上，這下徹底補足了我那些睡眠，並且睡得我腰酸背疼。那個小徒弟隔幾天就幫我清理傷口，重新包紮。每次撕開傷口，用碘酒消毒的時候我總是大喊大叫著疼啊疼，並且演得誇張一些。小徒弟應該從學校裡出來沒多久，有時也能被我的架勢嚇住一番。因為無聊的關係，我又在我打著石膏的右腳上開始作畫，寫字。惹得醫生們查房的時候開始笑話我。這就是我在醫院無聊生活的目的，把人惹開心咯，也不讓別人為我擔心。我也正在漸漸恢復當中，只是打著石膏的右腳讓我行動極為不便，尤其是上廁所的時候極為麻煩。在這種情況下，就很好的鍛鍊了我左腳的能力。當然除非非得下床，基本上我都是二十四小時在床上度過，對於一個活絡慣了的人，這真是受罪啊。栗子總是一有空就過來看我，也叮囑她家的阿姨做一些飯菜送過來。老大也帶了一些同事來看過

我。我還叫我的助手帶了一些工作過來，這樣我就可以在醫院裡完成一些工作，畢竟我除了打著石膏的右腳，其他都很健全。只不過在床上辦公，姿勢極為不舒服，沒做多久就開始覺得累。父母的電話不斷，想來家裡那邊事情也多，我也總勸他們趕緊回去，栗子也可照應我，可是沒有用。

——To be continued

3.

　　有天下午的時候，我正在床上做我的設計，母親正坐在旁邊的椅子上打盹。突然Alex就進來了，最後一次見他時我還沒出事，他說要去卡塔爾出差。看到他的時候，我竟然有那麼點點鼻子發酸，是為了這幾天我遭的罪嗎？是因為差一點再不能見到他？我也不知道，我很驚訝地看著他，說不出話來。發現他還未來得及換下他的職業裝，看上去也有一些疲憊，手裡捧著一束白玫瑰。應該是一到A城就往醫院趕的。他有些擔心地問我：「沒事吧，你看上去臉色不是很好。」他能看出我的驚訝，便又接著說：「我剛才碰到栗子了，她跟我說了你的事情。我剛從卡塔爾回來。」「我知道。」他為我擔心的樣子讓我有一點感動跟心疼，我竟說不出很多的話來。母親也已經被吵醒，他招呼著Alex坐下，給他倒水，拿水果吃。然後就說她去外面轉轉，讓我們聊一會。母親對待Alex的態度有些殷勤，並且出病房時臉上暗自綻開出一朵花來。這讓我有一點點不好意思。Alex倒是顯得很高興：「你媽媽很喜歡我啊，好像比你喜歡我多啊。」「是啊，她急著把我嫁出去呢，看到你這種青年才俊當然會動心的。」「那你呢？」我的目光觸到Alex的認真便開始有些躲避，我低下頭，不知如何回答。「不知道是不是因為看到你這樣，就更加觸發我

心裡想要照顧你的願望。」他自顧自地說下去。「是不是還是需要給你一段時間，讓你心裡的人搬家？」我抬起頭，應該還是驚訝的表情。「我在老外灘看到你唱歌的時候就感覺到了。」果然厲害啊，Alex。「我太心急了，我應該再等一等我的小魚兒。」我沉默，不知該說些什麼。既不能安慰，也不想說起我與李默然究竟如何，因為連我自己都不知道。各自沉默一會，Alex指一指我那打著石膏的右腳，溫柔地問：「還疼嗎？」我搖搖頭，「不疼了。」然後我又從床頭拿過一支水筆，說：「要不要簽個大名啊？哈哈哈。」他接過筆，找出一塊相對空白的地，在上面一陣龍飛鳳舞：「願小木同學早日康復——誓死效忠的Alex。」我看到那串字，就笑開了。好像我是個女王，Alex成了守護我的戰士。

　　等到母親回來的時候，Alex已經回去了。他實在太累了，時差還沒有完全倒過來，雖然卡塔爾跟中國就五個小時的時差，但他在外邊總是辛苦工作，飛機上也不得好眠好休，所以應該累到了。母親笑嘻嘻地問我：「是男朋友嗎？長得很帥哦。」我拖著長音，像美劇裡那樣來一句：「Come on，Mum，只是普通的朋友啊。」母親不依不饒，繼續追問著：「他沒有結婚吧？有女朋友嗎？做什麼的呀？哪裡人？多大了？」我誇張地叫起來：「老媽，你查戶口呢！我也不知道啊。」「這孩子看著挺好的，告訴你啊，可要把握好了。」「媽～」我又拖著長音叫一聲。「幹嘛呀，你也老大不小了，難道不結婚了啊。人好人壞，我一看就知道了。我看他挺喜歡你的。」「我看你挺喜歡他呢。」「這人做我女婿我是挺喜歡的。」我看著她，扮起鬼臉，「你就這麼想把

我嫁出去啊？」「女大不中留啊，我怕你錯過了。現在還年輕輕的，可是歲月不饒人啊！」「哎啊～哎啊～……」我一邊誇張地唉聲歎氣，一邊躺倒到床上「我不結婚了，我不結婚了……」嗚哩哇啦亂喊一通，母親總算不再問了。可是她仍然不死心呢，父親一進來，就立馬跟他說下午的時候Alex來看我的事情。晚上栗子來看望我時又向她打探起來。她是向來知道我跟栗子好的，栗子跟我母親也算是有交情的了。早在大學時候，栗子就去我家裡玩過。在我家裡住了半個月之後，這兩人就徹底惺惺相惜了。母親總是誇栗子，好看又懂事，又很有女孩子的溫柔文靜氣質。相比之下，我就成了半個男人了。栗子呢總是每次吃飯的時候誇母親做的菜好吃，母親每次都很高興，又說母親非常可愛可親。我說你倆在一起得了。於是母親也不管自己是不是顯得八卦，一個勁地向栗子打探起消息來。其實我還沒有完完全全地跟栗子談論起Alex在我心裡究竟是個什麼狀況。她曉得我也是一直想著李默然的，只不過有一次跟栗子在商店shopping時碰到Alex想約我吃飯，結果就是我仁一塊吃了頓飯，這才使得Alex與栗子算是真正認識了。因此，被母親這樣詢問到，其實栗子也給不出讓母親滿意的答覆。栗子看一眼坐在床上，將眼睛翻白成死魚眼的我。又對我母親說到：「現在應該還只是普通朋友關係，但是以後，就不好說了。」母親似乎有點失望，但是這個答案又足夠讓她滿意。

　　再過幾日，家裡的電話總是不斷，父母離開家待在A城已經很久，生意上的電話總是不斷，看來是有一堆事情要處理了。父親中間回去過兩次，然後又折回來。我不停地勸他們回去吧，我

這邊自己一個人可以的，可以雇個人來照顧我。栗子也勸父母放心，說可以叫家裡的阿姨來照顧我，父母還是不肯。直到最後，我終於出院了，在醫院裡待了十一天，我快憋壞了。把我在家裡安頓好之後，並且在栗子，林碩的陪同下，我一再保證說自己完全可以處理這狀況，栗子也一再保證說會照顧好我，即使不得空，也會讓家裡的阿姨照顧好我，最後林碩也在旁邊幫腔，說自己可以充當司機，到時醫院來回複查什麼的他全包了。又因為父母親工作上的事情也實在不容許他們耽擱更多。他們最後終於回去了。

——To be continued

4.

　　雖然我終於出院了，但是無異於我近乎被困在了家裡。右腳的石膏要過三個月才能拆除。我拄起了一副拐杖，大部分的時間坐在寫字臺前做設計，旁邊放一把椅子，我受傷的右腳需要擱置在椅子裡。這樣一來，我坐著就非常不舒服，往往持續不了多久。栗子拿了我鑰匙的備份，她一有空就過來看我，帶一些吃的給我，幫我打掃衛生。原本我儲藏起來的泡面，泡飯也被我漸漸消耗。我在這種狀況下，也就不能自己做飯了，搞不好在炒菜的過程中一個站不穩我就摔倒了。Alex會打電話過來詢問我的狀況，但是出院之後還是沒有見過他，他的工作一向忙得昏天暗地。

　　天氣漸漸暖和起來，我待在家裡實在覺得很憋悶，於是就不管不顧地出去了，即使拄著拐杖我也想要到樓下透透氣。雖然我住的很高，33樓。但是上下有電梯，唯一的的幾層階梯是在樓下進入大廳的地方。主意一定，我就出去了。我拄著拐杖在樓下溜達，正是吃過晚飯的時間。我原本以為夜晚了，可以不那麼顯眼，但是看我的人依然很多。吃過晚飯散步的人很多，有些熱心人還會對我說，你小心一些，我總是略帶羞澀的笑一笑。我的拄拐技術一般般，但是估計三個月後技術應該是會非常了得的。而

且，大臂肌肉也應該會練得非常發達。晃蕩一圈之後，我也自覺不是那麼愜意，也算是透過氣了，於是就決定回去。我慢慢往住的地方折回，碰到那幾階階梯，我非常小心，受傷的人深怕再跌跤。不知是否因為過度小心在意了，拐杖一歪，我人就倒下去了。正在感受著摔下去與石階接觸磕到的痛：手掌，手臂，腿上……一邊還想著怎麼爬起來呢？就感受到背後有人把我扶了起來。是Alex：「你啊，這麼愛折騰，又不曉得要小心點。打你電話也不接。」我一邊揉著手臂上的傷，一邊尷尬地笑著：「我沒帶手機。」他一手扶著我，那手裡還拎著一袋水果，一手撿起我那兩根拐杖，然後把拐杖和那袋水果轉到我的手上，一話不說，直接把我抱了起來。我禁不住啊地叫了一聲。那樣子一定很奇怪吧，如果沒有那袋水果和拐杖應該會好一點的。我有點不好意思，臉有點燙燙的。

「別叫了啊。人家還以為我欺負小姑娘呢。」一走到電梯裡面，我就要求他把我放下：「我很重吧。」「嗯，比看著要沉一些。就抱著吧，免得到了還得抱起來，放下又抱起的也怪麻煩。」「哦，抱著累吧。」他忍不住笑起來「不累。」然後我就再也不說話了。從電梯出去，開門，然後他再把我放下，先把水果和拐杖往旁邊一放。他就幫我脫了鞋子，換上拖鞋。他又把我放到我經常坐的那張椅子上。自己拖過一張椅子，在旁邊坐好。「你吃飯了嗎？」我搖搖頭，「餓嗎？」我點點頭，「手上的傷呢？疼嗎？」「還好，沒事的。」「那先吃飯呢，還是先上藥？」「吃飯！」「看你那樣子，能把一房子給吞了呢。」正說著話呢，Alex往廚房走去，又翻看了下冰箱。我一直倚靠在廚房

的門框上，眼巴巴地好奇地看著他，他穿了我的圍裙，看上去是另一番模樣。居家男，高大壯實的北方居家男。而我的圍裙很卡通，他穿上就搞笑極了。我在門口暗自偷樂，從他下廚的動作嫻熟程度來看，應該還算擅長的，就是不知道水準怎麼樣。不一會兒，他就變出兩碗雞蛋麵條。端到桌子上，又在旁邊放好筷子，調羹。

　　我在他面前已經沒有什麼形象了，一看到熱騰騰的麵條。我就狼吞虎嚥起來。泡面實在是不咋滴，怎麼能跟自己做的比呢。「好吃嗎？」Alex在旁邊看著我笑。「好吃好吃，沒想到你能做出這麼好吃的麵條！」「那你也慢點吃，你那臉都快伸到碗裡邊去了。」我嘿嘿一笑，繼續埋頭吃起來。不一會兒，那麵條就被我解決掉了，我滿足地看著還在吃麵條的Alex，內心有安全的幸福感。「我一直覺得麵條是能讓人幸福的東西，很踏實。上大學那會，我經常吃，每次有不高興的時候，我就跑到學校門口去吃一碗麵條，吃完我就高興了。」「你像個北方的姑娘，南方女孩的婉約，含蓄很少能從你身上找到。我倒是看到了北方人的豪邁。」「哈哈哈，我一向如此。」「你最近還是很忙吧？」「嗯，怎麼，想雇我做你的廚娘？」「才不是，就隨便問問啊。」「Alex，你看上去好像非常擅長做飯。」「被逼出來的，早些年一個人在外邊讀書的時候慢慢學會了自己做飯。一個人在外邊沒有辦法。中國人嘛，始終喜歡中餐。」「嗯，這樣也很不錯，留學還有這樣的功能，逼著人學會了做飯。能下的了廚房，也是好男人的必備素質之一。你行的哦，親。哈哈哈」我故意用淘寶體對他說話，他總是很紳士地笑著。

很快，Alex也把他的麵條吃完了，我不懷好意地笑看著他，他立馬就意識到了。事實上他也很積極主動地收拾起碗筷，並且繼續穿著那卡通圍裙，在廚房裡性感地刷起了碗筷。我心裡萬分得意地看著他。如果不是因為我腳受傷了，這個男人會為我下廚做飯，願意為我洗刷碗筷嗎？我依然靠著廚房的門看著他。收拾好碗筷，Alex脫下圍裙，往牆壁上掛好。「我還得回公司做點事情。」「哦。」我只是有些感動，他這麼忙，還要抽空出來看我，多少女人排著隊願意為他做飯刷碗，可是他卻跑到我這裡替我做起飯，刷起碗。我倚靠著房門說謝謝，他淡淡地一笑，在我的額頭上親一下。「乖，在家裡好好待著，不要亂跑。」「知道了，那你做完事情，早點回家睡覺。」他點點頭，就出門了。如果不是因為李默然，我也會屁顛屁顛地做了Alex的女朋友吧。

——To be continued

5.

　　三個月的時間很難捱，不過我拄拐的技術倒是越來越嫻熟了。並且左腿的肌肉變得更加強勁有力，右腿肌肉因為不常使用的關係，就漸漸萎靡了下去。父母還是電話不斷問候，中途又開車來看我幾次。母親將做好的菜裝罐，帶了給我放冰箱裡，夠我撐好幾天。我總需要勸他們不必擔心。栗子還是繼續有空就來看我，載我到醫院去做複查。Alex也是，差不多每天都來報到，有時是中午，有時是晚餐時間，有時是晚上。時間比較多的時候，總是買了一堆的菜，並且預先打電話說他要過來當廚娘。我總是欣喜地等待著他，我想不僅僅是對於一頓大餐的期盼。Alex的廚藝真的很棒，他做的大部分是東北菜，不過總是問我想要吃什麼，事實上，我本身就特別喜歡吃東北菜。我喜歡看他在廚房忙碌的樣子，讓我覺得歸屬和安全。我不知道我們這樣算什麼，我也深知對一個人的感情有時是過時不候的。我覺得我已不再是不諳世事的小女孩，他對我的萬般寵愛並沒有讓我有恃無恐。相反的，他對我的好，每一樣我都記在心中，並且希望自己也能夠對他有所回報。我想要去珍惜他，如果不是因為放不下李默然，如果不是因為李默然……

　　「你也是喜歡我的，對嗎？」有一回吃過飯，我正像往常一

樣倚著門，看Alex洗好碗從廚房出來。我看了他很久，很淡定，也沒有回避的意思，我點點頭。一個女孩子，慢慢成熟之後，要學會對自己，對感情，對他人誠實。我相信喜歡一個人對方總是能知道，能感受到的，哪怕沒有言語赤裸裸的表示。也許只是一個眼神，一個細微的動作，都能讓對方感知這種感覺。我從來沒有打算對Alex隱瞞我對他的感覺，我也不試圖口是心非，故意吊足Alex的胃口。我甚至不害怕，這樣的承認會讓Alex失去了追求一個女生的快感，讓他慢慢失去對我的興趣。如果喜歡一個人，只是這樣膚淺的感覺在支配，就不異於是為了排解寂寞無聊空虛所尋找的一場遊戲。我想我跟他，並不熱衷於如此浪費時間。他走過來，溫柔地托起我的臉。「做我的女朋友？」我能看到他眼中的款款深情，我甚至想要親吻他的雙唇。但是我沒有，我只是埋到了他的胸膛。「對不起，讓你等待這麼久。不過，可否再給我一段時間。等我……嗯……我想去一趟蘇州……」「嗯，我並不想要給你壓力。我喜歡你，想要對你好，想要和你在一起……」我沒有讓Alex繼續說下去，輕輕吻了他的雙唇。我的內心對他是充滿感恩的，他總是出現在我需要他的時候。因為這個，我內心滿滿的都是感恩。

　　說時間難捱，也就那樣過去了。拆石膏的時候，特別叮囑醫生小心一點，並且我選了其中Alex寫了字的那塊保存下來。醫生說多做練習，可以慢慢開始學習走路了。年幼時學步的印象早已不存在我的腦海。現在因為受傷的腳而重新學習走路，內心還是會有所恐懼的。Alex在旁邊看著我，隨時準備在我跌下去的時候，扶我一把。我不僅僅失去了走路的能力，就連我左腳踝骨附

近的韌帶都因為太長時間沒有運動的關係而收縮緊繃，整個左腳是僵硬的。試了好幾次，終於能一瘸一拐的走路。不過不管走路的樣子有多難看，我的左腳至少可以落地了。我看著Alex笑得很開心，甚至有些激動。我的自由回來了，我大聲喊著。Alex只是在一旁微笑著看著我笑，我想我們即使不是戀人，也至少是很好的朋友。

　　能夠走路之後，我自然就覺得好日子回來了。可以去樓下散步，只是還是不能走很多的路。栗子還是會來幫忙打掃衛生，有時順便送我去公司。好在我原來的工作方式就夠自由，所以即使這次意外，也沒有影響到我的工作多少。多多練習之後，走路也逐漸變得像原先那樣順溜了。Alex又買了一輛自行車給我，我好奇他為什麼總能知道我想要什麼並且總是能夠滿足我。他的答案是，生活中很多東西都是難能可貴甚至絕對的不可得，但是如果是想要的又能夠滿足的，那麼就去獲取。想一想也是蠻有道理。

　　當我再次在馬路上騎著自行車時，心裡有因車禍留下的陰影。只能萬般小心騎得慢一些，恐懼的消除需要時間。即便如此，大部分能力的獲得，儘管有個體差異的存在，但但凡不是太難的，總是能夠靠多多練習而獲得。所以，在一段時間之後，當我發現自己心裡的恐懼消退之後，我很高興。

　　車禍是意外之災，其中有很多痛苦跟困難。但是一點點克服之後，也會內心充滿感恩。因為心裡有了更多的無謂跟豁達，心裡有些從前難以割捨但該放棄的東西開始慢慢放下。是的，我是說李默然。他已然是過去式了，那麼就應該讓他過去。我不能再拿過去來折磨自己，我應該活在當下，珍惜眼前人。在這樣的

經歷之後，我開始想要生活得更好。我已經工作了兩年，這樣的生活讓我習慣，但是也有某種禁錮和局限。如果我想要走得更遠一些，我必須要積蓄力量再找一個新的起點。這樣的願望開始在心底裡紮根，但同時又豁達地以為，如果我們不能勤勉到足夠去實現一個夢想，那麼始終是在不夠勤勉的過程中享受了生活的安逸，一切都是公平。這樣想了很多之後，我就決定等過一些時候，等我的腳恢復完全，再不用去看醫生的時候，去一趟蘇州，一個人的旅行。那是李默然的故鄉，我們曾經約定要一起去的地方……

—To be continued

6.

　　時值7月，炎熱的夏天剛剛開始。我的腳已經完全康復了。我不知道自己為什麼一定要走這一趟，但是可以找出諸多的理由。比如我已經很久沒有獨自旅行，能一個人出去走一走是很棒的。但事實上，我內心深處默認的應該是告訴自己許多遍的告別之旅。是的，應該讓李默然過去了，他已經在我的世界消失了四年，杳無音信。這種杳無音信讓我多麼不能忍受，可是一切也就這樣過來了。這樣的想念和等待已經足夠了，我總是一遍又一遍地對自己說。我需珍惜當下，而不是一味沉溺於過往。

　　這樣想定了之後，我就到網上預訂了青旅的床位。三天後，我坐上了去蘇州的大巴。三個半小時後，抵達蘇州北站。一下車，熱氣迎人，蘇州的夏天比A城要熱許多。我轉到公交上去旅館，很快就到了該下的站點。這就是蘇州了，李默然的家鄉。他該是多麼熟悉啊，但是此刻，我想他也許並不在蘇州。他在哪裡，我也不知道。事實上，我根本也不曉得下了車之後應該往哪邊走才能找到那家明堂青年旅舍，只知道是在平江路上。一看時間還早，我就在路上晃蕩起來，那一條路是臨頓路——我也不管這外界的溫度是不是能把我炙烤成烤魚。蘇州的公交站還是中國的古典式建築，彎彎角。連街上的路燈也充滿了古典韻味。沿街

的陰涼處有賣水果的小攤販。我拿出相機開始拍各種人物和景色。如果我的方向感不曾出錯的話，那我就是一直在往北走，右手邊經過的觀前街，我打算晚上出來逛一逛。就這麼溜達了一會之後，我打算還是先找到旅館，去辦理check in，然後再到處去溜達比較好。於是問了路邊一個大叔，平江路應該怎麼走。大叔很和藹，非常熱心地告訴我應該從長髮商廈的小路上穿過去，穿過去就到平江路了。我道一聲謝謝，就折回到長髮商廈，原來那條小弄堂叫大儒路。兩邊的建築落後，甚至有些破敗，倒是路上遇到的一隻金毛十分可愛。果然，走到頭是不同風景了，那裡就是所謂的平江路，文藝氣息濃重。我看了看門牌號，就徑直右拐再向前。平江路倒是江南特色嚴重，一邊是古式建築，另一邊是小橋流水。路邊有擺攤賣幹花的美麗女子，問其是否可以照張相，她大方地說可以。還有一些老奶奶，籃子裡放著茉莉和蘭花，香氣宜人，問我要不要買，我就隨手拿了一朵蘭花。走在前邊的一對外國遊客，穿著背心拖鞋，背著巨大的背包。我不僅心裡暗自感歎，人家才真正有背包客的樣子。就這樣一路晃蕩著到了明堂，果然是很有感覺的青旅。我一邊辦理入住手續，一邊與旁邊的外國旅人搭訕聊天。他是一名來自德國的已婚中年男子，不住地向我訴說著即使結婚之後，有了伴侶之後也要獨自旅行的益處。不禁想到在中國，這樣的男子應該少之又少吧。哪個有了家庭的中年男人，能夠暫時撇下家庭和工作，一個人跑到國外做起背包客呢？但是為什麼我們不可以呢？其實只不過是人生旅程中的一小段時光，拿出這段時光，徹底放空自己，看一看別人的生活，看一看別處的風景，有什麼不可以呢？

　　拿了鑰匙和房卡，我就去找我的房間。開門進去後，發現一個外國帥哥正光著膀子準備去洗澡，我有那麼點尷尬地說聲「Hi」，聊了幾句，他就出門洗澡去了。我看了下自己的床鋪，將一些不必要的東西鎖進儲物櫃裡，背上背包又徑直出門了。平江路上有許多的小店，裡面的東西倒是不怎麼能引起我購買的欲望，只是甜品和冷飲我還是需要的，天氣實在太熱。我除了塗了防曬霜就沒有其他的防曬措施。進到一家店，叫做貓的天空之城。一些飲料，書籍，甜點，明信片，生意好到爆滿。我又問店員是否可以拍照。答案又是可以的，只是叮囑我小心一些，不要拍到顧客以免引起不必要的糾紛。我很滿意這答案，拍一些照片，挑了些明信片，又點了杯飲料，好不容易找了個位置坐下，與人拼桌，同桌的是兩個女生。我開始寫我的明信片，末了，發現竟然不知道蘇州的郵遞區號，於是就問旁邊的女生。她很熱心的告訴了我，看到我的背包和相機，斷定我是一個遊客，於是好奇地問我是否一人旅行，我說是的。她表示很佩服我的勇氣，一個女生一個人到了一個陌生的地方。我笑一笑，只是說在自己的地方待膩了，所以出來走一走。她很爽朗地笑起來「其實旅行就是在自己的地方活膩了之後去一別人活膩了地方活一活。」又問我來自哪裡，我告訴她是A城，她笑著說她倒是蠻想去A城看看。我說歡迎，到時可以來找我，於是互留了聯繫方式。我寫完明信片之後，將它們投遞到郵箱，我知道其中的一張怎麼都寄不到，因為我不知道那張明信片的主人究竟在什麼地方。下午兩點，最熱的時候，我依然在外瞎逛。忘記我自己，忘記A城，忘記一切，甚至忘記了李默然，我從平江路逛到

白塔東路，又從白塔東路走到了獅子林。在一家特色小吃點，點一份生煎，豆漿與蟹黃包。我買一份藍莓在路上邊走邊吃，我有時也在大街上邊走邊唱歌。我根本不在乎別人是否會覺得我神經——這就是一個人來到一個陌生地的那種自由感。無所顧忌的感覺太棒了。又從獅子林走回臨頓路。夜色將近時，我按照之前的預想來到了觀前街。我只是以一種慣性在人流中流動，不停地拍照，觀察各色人群。於我本身，沒有什麼特別想要的東西。夜晚也不能讓我覺得涼爽，只是少了白天的烈日炎炎，沒有什麼風。我繼續晃蕩，漫無目的。結果終於差不多耗盡了體力，想要坐下來休息。

　　經過一家麥當勞，我果斷地走到了裡面。買一杯飲料，找了個靠窗的位置坐下。此時我能感覺到淡淡的寂寞，外邊人來人往，熱鬧非凡。但突然就是那種「熱鬧是他們的，我什麼也沒有」的失落感。李默然，曾經也在這條路經過的。他曾經對我說起，觀前街有許多小吃，他曾經說要帶我去蘇州走走看看。於是我來了，但是他卻不在了。從某種程度上，依然是他帶我來的。是的，我是為他而來的，為了告別他而來。如果只是獨自旅行，不一定要蘇州，可以是其他別的許多地方，不一定要蘇州。所以，我是為了他而來的。為了他，最後一次為了他。我拿出紙筆，開始寫信。我知道我依然有很多的話想要對李默然訴說，我知道我依然心有不甘，我知道我還不想讓他就此消失，即使是在四年之後。但是我能怎麼辦？我想說的太多了，但是言語能表達的始終都是糟粕：

李默然：

　　Hi，我知道這封信無法順利送到你的手上。不過於我，想做最後一件傻事。

　　在暴走了將近12個小時之後，一向吹噓好體力的我也禁不住腿腳酸痛了。此刻我正坐在觀前街的麥當勞。是的，我在蘇州。你的故鄉。你曾提起要帶我去玩的地方。

　　有些事情，倘若聽來幼稚，那就，讓我們一起來取笑吧。我想你不會知道，我此刻依然想念你如故。尤其當我暫時放下一切，來到這裡。我來這裡，是為了忘記你。所以，在我回去之前，就讓我狠狠想念你吧……

　　我知道你也曾說寂寞孤獨，此刻依然。如此刻坐在這裡的我，我知道沒有人能拯救這樣的寂寞。前段日子看《那些年，我們一起追的女孩》，開場白裡有一句臺詞，印象頗深——每個人的出現都是有其特定的意義的。有時你並不知道你對某些人意味著什麼。我們出現在彼此的世界，相伴走過一段時間。我知道於你於我都是有意義的，這段經歷無可取代，你在我的生命裡也是獨一無二。我喜歡那個和你在一起的自己，我喜歡你面前的那個自己。能一個人出來走一走，是很棒的經歷。你看，冥冥之中，你又引導我走過一段旅程。又一次讓我做喜歡的自己。

　　人生太短，所有人於任何人都是過客。我們相遇，我們錯失。如果不是因為你。我不曉得愛情如此美麗。你打開一扇門，讓我看到一個欣喜的世界，如果不是因為你，我找不到真正的自己。所以，謝謝你出現過，謝謝你帶給

我愛情，讓我感受愛與被愛，你曾經帶給我的那種令我著迷的真正在活著的感覺依然令我着迷。

不過，是時候讓自己放下了，我要繼續前行。有沒有你我都需前行。這個夏天才剛剛開始，但是我們之間，真的應該結束了。再見吧，李默然……

——2012年7月1日 小木 蘇州 觀前街

　　我把信裝進信封，粘合，然後離開。我找了信筒將這封信寄出，依然是一封不能順利抵達的信件。這個觀前街的麥當勞我可能再也不會去了。晚上十點，我又開始走路，我認得路。街上的行人已經少了很多。當我走回到平江路，聽到歌聲悠揚，那首陳奕迅的《你的背包》，這也是李默然喜歡的歌，他曾經一遍遍彈唱。此刻平江路的晚上，於我滿是思憂。這個晚上，就讓我肆無忌憚的想念吧，就讓我最後一次瘋狂的想念吧，過了今晚，所有的一切結束，所有的一切重新開始。這一曲終了，我依然站在旁邊，遊人熙攘的鼓掌，其中一個來自我。歌手說，下一首送給你們，《情非得已》。我順著方向看去，是一對相依的情侶，還很年輕。我在歌聲中暗自落淚，想起曾經的美好畫面，也想到此刻我多麼孤單。好在這個城市的夜墨中，沒人看得到我的眼淚，我無聲地留著眼淚，表情應該是堅強的。我知道一切都過去了。我在曲畢的時候，擦乾眼淚，上前將一張紙幣放到歌手的吉他箱裡。我慢慢踱步回旅館，洗個澡，或許因為白天走了太多的路的關係，我竟然一躺下去就睡著了。睡了個好覺，一夜無夢……

——To be continued

7.

　　我在蘇州待了三天之後，便決定要回去了。這一次旅程，到此即可。年幼時，許多事情不能自己做主，需要依傍大人的思想。但是我在漸漸年長後，卻發現有些事情我是思考的極少的，或者說我已然過了那個為事情太過分析琢磨的階段，我喜歡想到什麼就做什麼。乘興而起。於是我想到要回A城，我就果斷回去了。Alex總是很懂我的心意，在這次旅途中，除卻來的那一天，他問我是否安全抵達之後，就沒有資訊電話的打擾。他知道我一個人出來就是想要散一散心。我買了車票之後，就發一條短信給他說我要回去了。他回復的內容也很簡短。收到，車站見。晚上8點，車抵達A城。這一次，我不是帶著旅途的疲憊。這一次，我在蘇州出發前的旅館裡，精心打扮了自己。我還跑去美甲店，做了一套甲油。我看著我那西瓜皮圖樣的指甲，頓時覺得送給自己的是一份好心情。我將長髮披散，穿了一件新買的旗袍。我知道，我看上去有那麼點點奇怪，但是很特別，化了妝，我知道自己很好看。當我從大巴上走下來時，我看到了Alex的驚訝。哈哈，這就是我要的效果。他倚著他的車門，頓了會。但是隨即驚訝的變成了我。因為他竟然牽著一隻可愛的小金毛，壞壞地笑著向我走過來。他在A城有些破敗的車站的人來人往中，親吻我

的臉頰。然後將一頭栓著小金毛的繩子交到我的手上。「想要什麼，就去擁有。不要因為害怕失去而不敢去擁有。」我的眼淚再一次留下，這一次是因為感動。「好了，我的小魚兒回來了。」他抱緊我，在我耳邊輕輕訴說，然後又鬆開，看著我的臉，「做我的女朋友？」這是Alex第三次問我了。我點點頭，眼淚流下來。他擦乾我的眼淚，說：「說你願意。」「我願意。」「好了，乖，別哭了，妝都花了，我帶你去吃晚飯。」「我想吃你給我做的番茄雞蛋麵。」「那好吧，我們去超市，然後回家。」

　　這是我第一次去Alex的家，應該是公司幫Alex租的一間大概50平的複式套房。佈置簡約大方，主要是黑白兩色。空間被利用的很好，還有一個小的吧台。我坐在吧臺上看Alex做麵條，心裡感覺很幸福。「金毛寶寶叫什麼名字呢？」我問道。「Peter怎麼樣？帥氣的小夥子。」「不錯，就叫Peter吧。」終於，我跟Alex在一起了，我想最高興的人應該是媽媽吧，但是我卻不打算告訴他們。我不想想太多，父母們總覺得戀愛了必當是要結婚的，但是我只是想在自己的後青春到來之前，跟Alex談一場簡單的戀愛。不問學歷，不問門第。這是個什麼都可以拿來拼的時代，拼爹，拼學歷，拼姿色，拼工作。這種較量讓我覺得無比厭倦和無聊。我不想想這些，如果我忍不住非要想一想的話，我沒有一樣是配得上Alex的。所以我不想，我只想他喜歡我，我也喜歡他。不知道為什麼，我已經越來越習慣有Alex在身邊，他似乎想著法把我寵壞了，以至於讓我深刻瞭解到我對他的需要。他開始洗碗的時候，我依然坐在吧臺上和他有一搭沒一搭的講著話，吃了飯，再加上旅途的辛苦，我已經開始犯睏，最後終於忍不住趴在

吧臺上睡著了。醒來時發現身上蓋著Alex的西裝外套，有淡淡的古龍水味道，混合著淡淡的煙草。他坐在旁邊的位置上，手裡拿著一杯白開水。我睡眼惺忪的，揉一揉眼睛。Peter乖乖地趴在旁邊的地板上。「對不起，我太睏了，所以睡著了。」我看一眼手錶，已經是十點了。「明天需要開始工作了。我得回家去了。」他突然把我抱得很緊，「其實我想要你留下來，你可以和我一起住。」我有點緊張，但是話說得很平靜「我喜歡一個人住，我一個人習慣了。我暫時還不想改變這種生活狀況。」Alex沒有說話，最後長長地吐出一口氣：「好吧，我送你回去。」我拉過他的手，「不要這樣嘛。不要不開心。笑一下嘛。」Alex笑一笑，我在他的臉頰上親親一吻，然後就出門，下樓，開車，他把我送回家。

　　我有些疲倦了，但是這個晚上卻是無眠的。我已經單身很久，在一個人的世界裡，想李默然想了四年。我跟他，始終都是單純美好的。因為那時我們還很年輕，不用考慮很多。但是與Alex在一起，我只是時時刻刻感覺自己被照顧著，他是個大男人，我找到了做小女生的感覺。我不知道我們的關係能不能維持好，當我擔心這個問題時，我想從某個角度來講，我是在乎的。是的，我是在乎他的，喜歡他的。夜深了，過了那個原本應該睡著的階段若還是清醒著，就愈發清醒了。我起床，給自己倒一杯紅酒，一口一口喝下去，直到微醺。最後，終於睡著了。酒是個好東西。

——To be continued

第六章

1.

　　工作依然緊然有序，從蘇州回來之後。我才真正進入了以前的工作模式。與Alex的關係，其實並沒有跟以前相差很多，只是比以前更加親密一些。見面的次數是差不多的。因為他的工作依然很忙，依然還是滿世界跑。但是我已經慢慢開始融入他的生活了，比如他會帶我參加他們的同事聚會。其實也就是吃吃飯，聊聊天，泡泡吧。或者一群人出去唱歌之類的。有時也會有比較隆重的聚會，比如他們公司的20周年慶，Alex是A城站的負責人，他帶領我出席前還要先帶我去買禮服，配飾之類的東西。儘管我並不熱衷於此，但是還是能做到至少不讓Alex丟臉的。我以前稍微空閒的時候專門學習過化妝，是個中級化妝師，另外嘛，長時間的瑜伽練習，至少還是讓我保持了不算胖的身材。所以這樣的事情我能應對。只不過不熱衷。人前人後的笑容太假，各種禮儀的注重，並不讓我覺得這是輕鬆愉快的事情。會場裡許多優雅端莊的男人跟女人。Alex把我帶入的世界，與我的不同。有些事情我也是在後來才知道的。比如Alex的家庭背景，母親是一名大學教授，而他的父親則與他們公司的大Boss情同手足，是公司的股東之一。這家在境外各地都有分公司的外企，總部位於美國。Alex的父母現居紐約。這樣好的身世，Alex也是一點點告訴我的，有些甚至

是從他的同事口中不經意間得知的。我有時也會有點失落，其實我對他的情況不甚瞭解。我只是願意待在自己的世界裡，去獲取他願意給我的那一份。我還是一如初衷，我只想簡單一些。

當然，我也需將他慢慢引入我的世界，我的世界其實很簡單。我在A城沒有很多的朋友。我很少願意花時間去刻意結交朋友。人跟人之間，都需要講緣分的，能修煉成為朋友的，都需付出時間跟精力去經營。我經常去的地點，無非是辦公室，健身房，圖書館，然後與栗子不同的地點約會。我在陌生人面前並不喜歡多講話，除非出於禮貌或者某種任務致使我不得不講話。我也將Alex帶去見栗子。當然，帶去之前某一次與栗子的獨處中，我已向她透露我跟Alex在一起的事情。有些事，我希望我是第一個讓栗子知道的。如果我不打一聲招呼，與Alex手牽手出現在栗子的面前，我想她在驚訝的同時，是會生氣我不與她分享。於是我告訴她，我和Alex在一起了。她一開始有些吃驚，但隨即卻說我們是會在一起的。她一開始就知道了，只不過時間早晚的問題。她說小木你確實應該開始新的戀情了，有些事情就讓它過去吧。我知道她說的是李默然。她說青春年華不再多，即將要來的也只是後青春了。人要活在當下。栗子說了些表示支持和祝福的話，我跟她輕輕擁抱。然後問：「你跟林碩怎樣？」「老樣子，但是他有一股魔力，一點點滲透進我的生活。我有時卻覺得難過。因為這個男人並不專屬於我，而此刻，我卻離不開他。」我想我有時並不明白，為什麼像栗子這樣一個眼裡容不得沙的人卻能容忍林碩在外邊有女人的事實，並且，這樣久。他們彼此不捅破，可是並不代表不存在。

　　有時我跟Alex之間也是會吵架的，但是不像以前跟李默然那樣能吵。因為年長的關係，Alex總是能包容我多一些。而我也不像那個和李默然吵架的我，那麼有話說。我很少為了什麼事情抓狂到失去理智。我每一次差不多都是用沉默代替我的不滿。我不願意說傷人的話，因為每說一次，反而到最後自己也被傷到。也許戀人之間太過親密的關係，相愛的同時總免不了相互傷害。即便我懂得，人跟人之間相遇的不易，要惜緣，可是理想狀態與現實往往是兩碼事。

　　有一天我一個人在街上晃蕩，卻奇妙地遇見了我的師哥，趙醫師。這個嚴謹，冷靜又不失幽默的人，一直很能博得我的好感。因為他長我8歲，所以我在喜歡他的同時也很尊重他。既然碰到了，又彼此都有時間就找了地方喝一杯咖啡聊聊天。他問起我受過傷的腳現在如何，並叮囑我平常應該注意什麼，在飲食上可以吃一些骨頭，蝦、蟹的殼來多多補充鈣質等等。但隨即話題一轉轉到了栗子身上，並且非常坦然地向我透露了他喜歡栗子的事實。我玩笑說：「你打算挖牆角嗎？」他的回答也非常誠實：「我沒有想很多，我只希望她幸福，也爭取我自己的幸福。我這樣一把年紀不結婚並不是因為沒有適合於婚姻的人出現，而是我覺得我並沒有找到真正愛的女人。但是對於栗子，我想我愛她。」他的誠實打動了我，他接著說到：「無所謂挖不挖牆角，我知道她已經有了男朋友，但是她並沒有結婚。我只是用我的方式去爭取，正當的公平競爭。」我理解，並且支持他的觀點。但是，說到底，就像我當初並不能幫林碩去隱瞞，我此時也不能幫趙醫師去追求栗子。這是栗子自己的事情，我想她會做出她的選

擇。但是從目前的狀況來看，栗子選趙醫師的可能性太小了。有時我也想，如果栗子和趙醫師在一起也未嘗不好啊。我的這個高中校友，也不是一般的優秀。畢業於名校，獨自在A城生活多年，憑自己的能力買了房子，車子，A城有名的骨科醫生，青年才俊，並且在A城有了一定的人脈。這樣一個優秀的人，如若真心愛著栗子，能夠懂得她，包容她，這不是很好嗎？但是我也知道，女人的感情是一下子轉不過彎來的。在一段特定時間裡，愛上一個人了，那麼心裡眼裡，就只有他，沒有別的人。栗子的執念在林碩身上，我想趙醫師沒戲可唱。但是正如他所說，每個人都有爭取自己幸福的權利，只要手段正當，那又有何不可呢？

——To be continued

2.

　　這一段時間工作繁忙，我經常都是大半夜的還在忙著設計圖紙。Alex總是勸我不要太辛苦，但事實上他也總是忙得不可開交，也深知有時勸說一個人不要怎樣怎樣，是全然無用的，他若換做我的立場，也必當忙成如此，就像他自己一樣。某天晚上，我依然是在做完一部分工作的間隙裡，實在困乏，準備睡覺，不知是什麼樣的心血來潮，我打開多年不用的郵箱。這是我大學時期經常用的私人郵箱，用來上交作業什麼的，但是畢業之後就不怎麼用了。我也搞不清楚是什麼樣的心理作祟，就是打開了。

　　大部分的信件都是垃圾郵件，系統郵件，還有一些廣告郵件。但是其中一封郵件卻格外顯著。因為我設置了備註，寄件者是李默然。時間顯示，是7月2日，正是我在蘇州給他寫信的日子。實在是太詭異了。我倒抽了一口冷氣，按捺住內心的激動，我那操控著滑鼠的手卻忍不住有一些顫抖……

　　　小木：

　　　　　好久不見，你過得好嗎？這樣的問候該是老套吧。
　　　　　我現在在5°47'N　55°10'W，蘇里南共和國的首都巴拉馬利波市。從學校畢業之後就一直生活在這裡，這裡的

生活條件還不錯。已經快四年了，距離我們分開……其實那一天，我並沒有離開，我只是躲在角落裡，當你出現在校門口的時候，我正打算離開，可是看到你出現，我卻不知為何躲了起來。後來才知道，是怕自己捨不得走，捨不得離開你，好不容易下定的決心卻擔心你一個挽留的眼神再也不願意走開。所以我就躲在角落裡看著你，看著你蹲下來哭，看你哭完了站起來，拖著失落的背影離開。也許你會覺得矯情，但我那時心裡卻糾結極了，也許你會覺得此時此刻說這樣的話太假，因為我最終還是走了……

也許該讓這記憶翻篇，說說我在蘇里南的這四年。其實我差不多已經走遍了整個南美。這感覺很棒，就像我們曾經說起過的那樣，去旅行，見識這個世界的林林種種。然後認識到這世界究竟是多麼的複雜，再去包容這一切……

我的辦公室離河邊碼頭很近，開車大概是一首歌的時間。蘇里南這個國家很小，但是多民族，以前是荷蘭的殖民地，現在官方語言還是荷蘭語，電視裡的荷蘭語聽起來就像喉嚨裡有異物在不斷清嗓子一樣。人口六十萬左右，華人五六萬左右，在1853年左右第一批勞工來到這裡種植園打工，一代又一代，現在做生意的華人很多，主要是廣東人，現在溫州人、福建人也多起來了，其他地方的人不多。但來這裡的人普遍文化程度不高，所以只是開超市、飯館、建材五金之類的店鋪。很多華人就是在這裡出生的，漢語甚至粵語都不會說了。

　　比起中國的快節奏，這裡人的生活很悠閒，大部分的公司店鋪下午四點就關門下班了，銀行是中午12：30下班。黑人辦事效率很低（也不是像非洲一樣全部都是黑人，這裡很多是沒有黑透的，但是在我們看來已經蠻黑的人），跟他們打交道是培養耐心的好機會，著急也只能是自己氣壞身子，他們基本不為所動。當然，我的總體印象還不錯，很尊重他人，很講秩序，到處都是很自覺地排隊，公共場合說話輕聲細語——菜市場和馬路例外。自己一不小心說漏嘴的小小需求他們都會很看重很認真地關切，司機看到前面有行人要過馬路，老遠就會減速，在行人面前完全停下來，行人如果還遲疑，司機就揮揮手示意他過去。還有車讓車，這裡開車是主道優先，但是也有好些主道上的車停下來讓輔路上的車先走，遇到有遲疑的，就閃閃大燈示意先走，這在國內早就罵了，所以都說在中國開車好的人，在這裡絕對沒問題，反過來就未必了。員警執法相當公正廉明，任何事情一旦進入程式，就會跟蹤到底。當然任何地方走後門、營私舞弊都是有的，只是這裡少。

　　但是這個國家很窮，很多人也貪便宜。這麼久接觸下來，發現和我們打交道的人，稍有實權，甚至管水龍頭的保安，熱情地和你打招呼，理直氣壯地拿魚，這是管到我們的人，拿就拿了沒關係。還有些不知道是幹嘛的，每次都冒出來要魚吃，叫他幫忙卸魚那就是要了他們命了。更大的領導人物也就不屑於我們幾條魚了，偶爾想換換口

味吃我們的魚了，打個電話就得給準備好，如果是證書要年審了，對不起，乖乖給點錢吧。還有一些是叢林裡來生活在首都的黑人，我們稱之為「BUSH」，估計身上噴了整瓶的香水，味道極濃，手上有一杯好像永遠喝不完的啤酒，見到路人就大聲地用土話嚷嚷。有的是倒賣外幣，有的是賣白粉，還有賣金子，更有甚者，手裡抓著一把香煙，一根一根地賣。他們品行也不怎麼樣，好些搶劫就是他們那人在夜裡幹的，所以晚上我都不會單獨行走在外面。

這裡的風景很好，我經常開車沿著高速路（就是雙向單車道，他們的時速基本上在100碼左右）往南跑。有很長的一段路是起伏路，就像《非誠勿擾1》裡面最後鄔桑把秦奮送走後一個人開車哭的那條路，天氣好的時候在這種路上飛馳很是心曠神怡。每當這個時候，我就想到你，想到我們在學校的日子，想到我們開著車急駛，音樂high翻天。但是現在，我只是一個人，很深很長的孤獨與寂寞……

最讓我欣賞的是這裡的生活方式，加上自己遠離國內熟悉的環境，單調的生活可以很有效地讓人「慢」下來，靜下心來去思考，去留意身邊美好的東西。唯一讓我覺得苦惱的是，我沒有足夠的書可以閱讀，出國時帶在身邊的書，反反復複閱讀。其中一本就是你留下的《傲慢與偏見》，你曾說你最喜歡這個故事，我很少看這類小說，但是現在反反復複看過幾遍。連同你當時下載在我的筆記本

裡的電影，05年版本凱拉奈特莉主演的伊莉莎白。想一想總是不解你為何如此迷戀，讀完之後才知這是女孩子特有的對於童話故事的心結。

小雨季的末尾，這周的前三天都是每天多達十來場大雨，可我也是臉曬得通紅，現在正在飽受脫皮的煎熬，應該不會毀容的。

四年，四年不見。小木，你現在在那裡？在剛入夏的未眠的深夜裡，我想你……

讀完這封信後，正是凌晨三刻。我坐在電腦前發一會呆，內心有想哭而並不能哭出來的衝動。我踱步到陽臺，這個有著涼風的夏夜，沒有白天的熱烈與躁動，此刻是安靜的，安靜到我聽得到內心默默流淚的聲音。這個城市啊，太過於耀眼，不適合看星星，但月光卻是明媚的。此刻的蘇里南應該是下午一點左右，這麼多年，終於有了李默然的下落。但是為什麼，卻偏偏是在我放棄之後？蘇里南好遠，但再如何遙遠，看到的月亮總是同一個……我正出神地望著這夏夜的靜默，卻被電話鈴聲打斷，是Alex。他溫柔地問候我怎麼還沒有睡覺，他加完班，正準備睡覺了。我沒有告訴他李默然的信件，我知道，他會難過的。我們好不容易在一起。他問我為什麼聲音這麼悶，我只是藉口說因為一個人長時間埋頭於工作，已經很久沒有說話，所以才會這樣。他又關照我早點休息，說一聲晚安。我們就掛了電話，我忍不住嘆一口氣，仍然沉默如初，成了靜夜中安靜的一物……

——To be continued

3.

　　醒來的時候，是上午十點。腦袋昏昏沉沉，分不清昨晚的信是在夢境還是現實。蘇里南，我在google earth上查看這個國家的位置，流覽各種訊息。我等待許久的資訊，在不經意的時候來到了，在我已然放棄的時候。這算什麼？天意弄人嗎？有時候，是不是人與人之間，真的有所謂的那種「心有靈犀」，是不是當我內心深深念想著某一個人的時候，那個人也是有感知的？從信的內容看，李默然比從前說更多的話了，他內心似乎放下了很多的東西，活得更加的寬廣了，究竟是走過多少的路，看過多少的風景，才致使他這般？而我，而我還只是留在原地。工作依然平凡，無數失眠的夜晚，依然像大多數畢業不久的大學生一樣在這個世俗的世界裡打拼，被現實打磨。如果說還有什麼沒有失去的話，我想內心依然留了一片天地。雖然不大，但是似乎還有夢想在裡邊熠熠生輝。

　　我跟Alex在一起已經三個月了，我並沒有把他往婚姻上牽扯，只是想要簡簡單單，拋開雜念的戀愛。是的，我是喜歡他的。所以我沒有回信，只當李默然的問候只是一個普通舊友，事實上，還能怎樣呢？我已經失去了為他瘋狂的魔力。所有的情緒都趨向了平靜，即使有時平靜的湖面會有微波。時間是副霸道的

良藥，當初有多喜歡，多麼不舍，在歲月的腐蝕面前，也只剩一副空殼。曾經的愛情，不再疼痛了，甚至連怨恨，都開始消散了。喜歡一個人，情緒向來就不是單一的，總是牽扯著很多的愛，恨，埋怨，委屈，誤解，諸如此類，所以感情是累的，是磨人的。四年，或者大部分源於不甘心，不甘心被這樣拋在身後，不甘心他可以這樣離開，不甘心我想他，放不下他但是他卻絕情到杳無音信。

　　儘管有些睡眠不足，但是卻睡不著了。於是就泡了一杯咖啡，靜靜地喝完，想要見到Alex，想念他，非常。吃午飯估計是沒有時間的。是的，我要珍惜眼前人，我沒有足夠的信心覺得我和Alex此生可以永遠在一起，但是至少我們現在在一起。如果他也只是過客，註定會消失，那麼，我想要趁此刻好好地待他，珍惜我們之間的一切。畢竟，在人生的路上，誰又不是誰的過客呢？

　　發了訊息給他，說想他，我很少主動說這般話，往往說出口，自己都會覺得肉麻，但是這一次，我卻想說。他過了很久才回復的，直接打電話過來，說得很簡短，剛才開會呢，晚上我來接你，咱們一起吃飯去。我說好。做Alex的女朋友唯一需要體諒的就是他工作很忙，忙到有時候無暇顧及到自己的個人感情，他給的時間可能會不夠多，有時需要永遠等在他的身後，等他忙完事情。但是對於我這個自由散漫慣了的人卻是剛剛好。他有次好奇地問我，為什麼不像別的女生那樣無理取鬧地抱怨他總是這樣忙，為什麼能夠做到這麼體諒？是不是我心裡壓根不在乎呢？我沒有回答，反問他要是我無理取鬧你還喜歡我嗎？也許你偶爾鬧一鬧我會覺得可愛，可能會更喜歡。我笑了，說一聲知道了。

下午的時候，繼續埋頭工作，看看時間差不多，就開始打扮，準備出門。今天給自己挑了可愛的裝束，白色的雪紡裙，選了粉紅色的鞋子，鞋面上有一隻黑底粉色波點的蝴蝶結。我很少扮嫩，但是偶爾會有心血來潮的衝動。Alex打電話說十分鐘後樓下等，我就準備好出門了。果然準時，他一見到我，有點故作誇張的暈眩，贊我今天可愛又美麗。我說驚豔嗎？很久沒有見了，想要給你換個口味。他笑著點點頭，直接把車開到了老外灘，我們遇見的地方。晚上的風很涼爽，吃了飯就在老外灘散步，手牽手散步，這是我喜歡的方式。突然間，我對著Alex說，我想拍大頭貼。他立馬開始笑了，怎麼你今天高中生的情結發作了嗎？我說是啊，我就想拍大頭貼，我開始搖著他的胳膊撒嬌。他說好，走吧，你說幹嘛就幹嘛。於是，倆人就朝停車的地方走去。突然間，Alex鬆開我的手跑了過去，一邊喊著，「快，小木，員警貼牌呢？要是開了罰單，算你的。」我啊一聲叫，立馬跟上去，「哪啊，哪啊？」「他一邊動作敏捷的拉開車門，跳上車，一邊回答道：「這個得靠耳聽六路，眼觀八方啊。」果然，車啟功行駛時遇上的交警正開著罰單呢。我對著他哈哈大笑，吐一吐舌頭。我說走起，咱去城隍廟。

　　已經是晚上8點半了，城隍廟是9點關門的。我說趕緊的趕緊的，他被我無奈地拖著走。有時會覺得非常搞笑，像Alex這種人跟城隍廟這種地方好像完全不搭嘎一樣的。他應該去的地方，是那種高級的酒店，專門買名牌的國際購物中心之類的。越想越好笑，不管怎樣，還是拖著他找啊找的，終於找到一家。現在拍大頭貼的人不多咯。鑽到機器前我就開始鼓搗起來。當Alex的臉

出現在電子卡通相框裡的時候我就立馬笑噴了。哈哈哈，很快，一套貼貼就出來了，我像個小孩一樣的拿在手裡看著，Alex真是帥啊，拍大頭貼也還是帥的。因為城隍廟快關門了，我們很快就撤了出來。「這下要去哪呢？」Alex問道。「我想吃霜淇淋，去DQ。」Alex邊做個鬼臉，一邊裝一下受凍的模樣。我們徑直走到了DQ，我問Alex吃哪款，他說他不吃霜淇淋，就點杯飲料吧。他不吃，我就越想看他吃的模樣。「嗯，嘗一下吧，嘗一下吧。」我又開始跟他磨起來。「好吧。」一大杯霜淇淋放在一個大男人面前，一根小調羹插在上面，看Alex有一搭沒一搭的吃起來，真的是無比好玩的樣子。我坐在對面，盡情享受著此刻一切，又拿出剛才拍的大頭貼看起來，趁他所有的反應來得及阻止我之前，趕緊撕下來一張，抓起他的手機，果斷的在一處空白處貼好。「我的手機毀了……」「你要是敢撕掉，你這一年都不走桃花運！怎麼樣？很不錯吧，哈哈哈。」看到Alex無比無奈又不發作的樣子，我內心無比得瑟。「你要的無理取鬧我滿足你了。過癮嗎？」「簡直晴天霹靂。」

「這下發現我的真面目了吧。」Alex舀了一大勺霜淇淋，送進我的嘴裡，然後伸過頭來，輕輕一吻。「沒想過要逃脫。」

——To be continued

4.

　　這幾天家裡來了一個沙發客，一名27歲來自廈門的女孩，叫薇安。厭倦工作的都市白領，做遲到的間隔年。對於gap year，至今我還只是存在著不能付諸於實踐的勇氣。她要在我家的沙發上留一個禮拜，然後繼續向北行進。她的裝備齊全，但是絕無多餘的東西。在她到來之前，我在冰箱裡儲存了一堆食物，新鮮的蔬果需要加工成美味菜肴。她與我想像中，沒有差別很多。素顏但是美麗，性格豪邁，直接又不乏女人味，這是我喜歡的女生類型。個子高挑，略微有一點點胖，所以，站在我面前，她顯得要壯實許多。喜愛講話，容易相處，對我的招待心懷感恩，這倒不是我接待她的目的。有新的朋友過來，與我不同，與我所處的世界不同的人進入我的生活，與我的生活產生一段時間的交集——這是我喜歡的。我會仔細領略他們帶給我的故事，這是一種變相的旅行，如果暫時我不能出去旅行的話，那就讓旅途中的人告訴我他們的故事。薇安一路從廈門過來，有時睡沙發，有時在到達一個城市之後，就立馬找到該地的公安局，晚上在公安局門口搭起帳篷睡覺。這實在是很聰明的一招，誰敢到公安局門口犯事呢。我們之前也只是郵件往來，並沒有太多交流。我帶她去見Alex和栗子，我們一起去老外灘那一帶泡吧，一起逛大街，一起

逛一些A城的文化遺跡。只要有時間，我都會陪她一起好吃好喝好玩。有時，我伏案設計圖紙，她則從我的書架上挑選一兩本書來閱讀，偶爾搭上一兩句話，我們儼然親密無間的好朋友。

A城的夏夜，大多還是有風吹起，不至於太熱，有時甚至涼爽。晚上運動，散步，嬉戲，乘涼的人很多，有天晚上我們吃過飯到江邊散步，走得多了，就找個位置坐下來。一隻斷了線的電風箏，恰恰飄落下來掛到了前面的一顆樹上，一時間，很多人圍過來，努力的要將這風箏扯回去，我倆就坐在旁邊看熱鬧。過了好一會，終於把這風箏救回去了。人也散去，世界又安靜了。薇安從包裡拿出一包煙，問我要不要來一根，我慢慢取出一根，是中南海，這種煙很便宜。薇安說這是前男友喜歡的牌子，儘管前男友是個富二代。他比她小三歲，那是三年前的事情了。她剛剛開始工作，他剛剛回國，從美國讀完高中，再也不想繼續讀下去了。儘管他的母親一再的要求他，甚至逼迫他，但是他不想繼續了，一個人在外面很孤單。他們一開始是網戀，隔著一萬多公里的距離又隔著時差，他的黑夜是她的白天，但是還是擋不住兩顆彼此眷戀的心意。一個在海外陌生的環境裡孤獨寂寂，另一個則剛剛大學畢業面對進入社會的壓力。三個月之後，他回來，他們相愛，他們在一起。一個剛剛開始工作的人沒能賺到多少錢，一個家境殷實但不想靠家裡的小男生也沒有多少錢。日子相對拮据，但是過得很開心。他不想聽憑家人的擺佈，一個人出去找工作，沒有找到合適的工作，家人看他實在堅持，就給了他一份工作，他成了家裡工廠的倉管員。這一家公司將來都是由他來繼承下去的，他那時卻也只拿著普通倉管的工資。他從家裡的員工宿

舍裡搬了電視機到他們租的房子，每次總是陪她到大半夜才回自己家去。他吃她做的菜，買水果時只買她喜歡的芒果。她是他的初戀，他的第一次，是跟她，他甚至是在她的指導下完成的。但是後來，他的母親介入了他們之間。他母親明確表示不能接受她，認為他不願意繼續讀書是受了她的蠱惑。隔著空氣，兩個女人之間建立了相互的憎惡之情。他們爭吵，她提出分手，她搬家，換了手機號碼，刪掉了一切聯絡的方式，她甚至換了工作，都是為了讓他找不到她。但是城市能有多大，不想找一個人了總有藉口，想要找一個人了總是能盡一切辦法。他找到她，他向她咆哮，指責她的絕情與冷漠，卻看不到她轉過身時流下的眼淚。她沉默，無言以對，只是要分開的決心下得很明確。她不想要這種沒有結果的感情，她想要能夠結婚的戀愛。他要她等待，求她給時間，求她留下來一起爭取。但是她沒有，她不能想像自己等到二十七八歲依然還是沒有結婚，儘管她現在已然是這個年紀，如果當時不分開那好歹一起走過了這麼多時間。儘管她不無遺憾，但是倘若時間重來，她依然會這般決絕。許多時間過去之後，內心也開始平復。他也是，他終於接受家裡的安排，開一輛奧迪TT，不再像當初那麼單純，也學會了在外邊花天酒地。富二代，本身長得又高又帥，再加上一點點也成熟起來，投懷送抱的女孩子一抓一大把，他也學會了來者不拒，儼然花花公子的模樣。但是他再也找不到當時和她在一起的感覺，那麼單純快樂。他只是覺得那些女人看上的不過是他的外表，他的車，他的身世他的錢。而她不是，因為當時他一無所有，但是卻有她。他還是會在她生日時打一通電話給她，她大大咧咧地問他什麼事情，他

一聽到就惱火，儘管語氣依然像以前那麼衝，就像他們吵架時那樣，他總是很衝。他總是壞脾氣，一個家境殷實又被寵壞了的小男生。但是任性，不懂事，壞脾氣與對不對一個人好是兩碼事。他生氣地掛了電話，但是過一會，又追過去一通，跟她說生日快樂。他想請她吃飯，說以前在一起的時候都沒有請她好好吃過大餐。她拒絕，說在旅行，人不在廈門……這麼多年過去，他們回不去了……我有時會十分佩服像薇安這樣的女子對於感情的態度，該放手時決絕冷靜，不留一絲眷戀的痕跡。而她的回答更是乾脆俐落，回不去的，做不到的，還是放下比較好，有時對感情的不夠殘忍會是對雙方的殘忍，長痛不如短痛。

——To be continued

5.

Alex請我和薇安吃過飯，工作的關係，又回到辦公室加班去了。我和薇安在街上漫無目的地溜達著。路過一家聖教堂，外面掛著招牌：寫著青年聚會，主題：活出聖潔的生命。薇安告訴我她是一名基督徒，而我呢，從某種意義上講，我是一名佛教徒。她提議去裡面看看。我也說好，我知道佛祖不會介意的。雖然我以前也去過教堂，但是這是我第一次參加他們的活動。門口有人站著，分發小冊子。進去的時候，把小冊子遞到我們手上，一邊說一句：主愛你。我們脫了鞋子，像別人一樣，裡邊的禮拜堂裡滿是人，臺上有唱歌的人。我們脫了鞋子站在墊子上，歌聲很歡快，搭配著幾個簡單的手上動作，讓人覺得非常的輕鬆。歌曲也是朗朗上口的，薇安會唱，我這個五音還算全的人，也是一跟就會了。兩個小時左右，一直都是在唱詩歌，讀經文中循環著度過，宣揚主的聖潔，教導主的子民做一個聖潔的人。我甚至有些不能專注，但是看到薇安的認真，我就不忍心打斷她提出要走。尤其是禱告的時候，薇安跪在地上，雙手合十，緊緊握著，頭低下去，閉著眼睛，我不知她在祈禱著什麼。我也做了一個如此的動作，一時之間，當我閉上眼，慣性跳出的是李默然。遙遠的他，我希望他可以安好，我已經沒有更多的奢望。我也求主寬恕

我，寬恕我此刻心裡第一個想到的是李默然，而不是就在我身邊的Alex。也許只是因為他的幸福我能守護了，而遠在蘇里南的李默然，他的守護星出現了嗎？

　　晚上九點的時候，我和薇安在街上晃蕩著，我們預備去坐公車回家，但是薇安提議走回去。路雖然不是很遠，但是走回去大概也需要半個小時的時間，我答應了。夜色中散散步，吹吹晚風還是很舒服的。薇安顯得愉快又平靜，她說去教堂這樣的地方能夠讓這邊安靜下來，她指了指心臟，那顆心不知為誰跳動著。或許，像她這樣的女子，他在或者不在，她都必將盛開。路過的公園，散著微微的燈光，在江邊，我告訴她，我在這個城市已經生活六年，這讓我厭倦。她卻說，這裡多好。我說你只是個過客，這是你的旅途，你尚不及厭倦，就會離開，自然覺得好。她卻認真地說：「不，不是的。小木，不是這樣子。我一直都在廈門，除了讀大學的四年在外地，其他的時間都是在廈門度過。廈門是個不錯的城市，也許所到之處的大部分都是旅遊景點，但是不代表活在那邊的人就不會厭倦。但是依然是個不錯的城市。A城也是如此的。你知道嗎？我在廈門的時候，每天都會在晚上7點左右的時候到一個海邊公園跑步，就像這邊這個一樣，我去跑步，總會遇見一個帥哥，他通常都是已經跑了半個小時了，我去跑的時候，他再意思意思陪我跑一會兒。還有一個六十多歲的老人家，練太極拳，他彎下身去，頭能夠碰著地。很多很多的人，在不經意中遇見，你不覺得有意思嗎？而且還只是海邊公園的那一小片。」「你是想要告訴我，即使生活在同一個地方，生活中也有不斷變化的事物，靜下心來，留心生活的點滴，美好也許就

藏在裡邊。」薇安笑著點點頭。我們就這樣邊聊邊走,薇安說她明天就離開,下一站是南京。我說這樣突然,她說在A城已經待了一個星期,是時候離開了。我突然有些捨不得,人生匆匆過,我們都是彼此的過客,旅途中的人啊,能再次遇見的人又有多少呢。每次想到這裡,都會想到前幾年非常流行的一段話:佛說:前世的500次回眸,才換來今生的擦肩而過。正因為此,我才會覺得人生之中每一個遇見的人都該去好好珍惜。每個人的出現都是有意義的,錯誤的也好,正確的也罷。可能回憶起來依然帶著不堪或者美好,但是又怎樣呢?每個人來了都將離開,只是時間長短的不同。

第二天,我開了Alex的車,送薇安去車站。我們在車站緊緊擁抱,我說薇安一路平安,她說保重。她說小木,如果迷失了,就將自己放逐,有時候夢想不在原地,只有將自己放逐到遠的地方,才能找回真正的自己。又一個帶著夢想的人說出如此這般的話,上一次是菜花。人在旅途,有時也許迷失,而有時卻能看得那麼清楚。旅途有時比生活簡單,因為明確知道下一站在哪裡。這樣放逐的勇氣,於我究竟在哪裡呢?我不能挪動,是因為我捨不得吧。

送走了薇安,我一個人開著車,眼淚不能自已的留下來。這其中的原因有些複雜,不舍,是的。各種眷戀,想到李默然,Alex,想到各種,還有自己的夢想。我一直也想去外面走走,讀讀書,見識見識這個世界。我還那麼年輕,為什麼要留在原地作困獸之鬥呢?貪戀別處更美的風景也好,對A城厭倦也好。但是不能否認,出國讀書一直都是我的夢想。功利而理智地講,雖然

我目前的工作狀態非常好，但是我幾乎可以預見，我的瓶頸就快到來。我沒有更多新的東西，理念可以分享和貢獻了。也許這樣的狀態保持下去，我能一點點有小小的改變和進步，但是卻不可能有大的突破。如果想要有所改變和進步，必須放下手頭擁有的一切，將自己放空，重新去學習，去獲取新的東西。我邊開車，邊想，一直開了很遠很遠的路，開到郊外，一座山上，盤山公路，一圈圈環繞著上去，海拔800m的地方。甚至有輕微的暈眩，但是我的腦袋卻越來越清楚了。如果我斷然做了出走的決定，那至少也需要近大半年的時間，去交接，去處理好手頭上的事情。如果我離開A城，那麼就要捨棄我目前擁有的一切，其中甚至包括了Alex，是的，Alex。事實上，我又絕對清醒的認識到，人生每一步的獲取都必然伴隨著付出，看清楚這背後的意義之後，也就明白了，這一生當中，有些事情我們需要去執著，但是有些事情，該放則放，因為沒有一件是唾手可得的。我並不是下定了決心一定要去讀書，但是我希望我有能力去做到這件事。希望有一天，即使我不去做也不是因為我做不到，而是我選擇不去做。

——To be continued

第七章

1.

　　七夕了。A城本該烈日炎炎的，不過受颱風的影響，一早上起來，天氣陰著，風很大，吹到身上自是非常舒服。我已經很久沒有過這個節日，這一次本可以度過的，但是Alex卻到北京出差了，臨走時還跟我抱歉。我只能假裝撅著嘴表示一下委屈，其實並無大礙，總不能拖了Alex工作上的後腿。印象中，也只是跟李默然過過一次情人節。分開之後，我再沒有找過別的人，直到成了Alex的女朋友。但是這個日子對於我，並沒有特別。白天跟母親打電話，她抱怨地說，這好好的節日，人家姑娘肯定都收到花了，你是不是沒人約啊？我禁不住大笑起來。我還沒告訴她我已經跟Alex在一起了。一來是怕她操心，又怕她煩我。二來，她總是想著戀愛，男女之間交朋友是要奔了結婚的目的的。但是，目前，結婚這件事我還真的沒有想過。

　　晚上出門，街上確實熱鬧不少。路過的花店，包好的漂亮玫瑰攤在門口，今日的花價又漲了不少吧。街頭也有捧著一大束分枝裝的玫瑰的花童。車也擁堵了許多。去健身房，人果然少了許多，看來大家都過節去了。一個小時之後，我從健身房出來，帶著一身臭汗。沒想到，天竟下起雨來，還下得不小。雖然住地不遠，但是這麼一淋，也肯定要濕透。街頭的那一家麥當勞，是

我去過人最少的麥當勞，所以我經常一個人在那坐坐。還是學生的時候，我跟李默然來過。一進去，發現原來我們坐過的位置，空著。我點了杯飲料，就徑直走了過去，我喜歡這個位置，比較偏，沒多少人能看見。晚上八點，蘇里南應該還是前一天的上午九點。他的手不能再牽住我，我對面他坐過的位置，也已經空了。時間，真的有太強悍的力量，不管我們當時愛得多麼纏綿不舍，到最後，卻也只剩麻木的緬懷。忘記一個人有時很難，但是到最後，是不是也還是忘記了呢？那個我們到最後不能牽手的人，註定要被別人牽走。如果有什麼遺憾的話，那也只是像歌裡所唱的可惜不是你。但遺憾已然是生命的常態。我也總覺，在許多可以把握的當下，我幾乎拼盡全力去做了各種嘗試並且嘗試著，不甘心地等待過，最後也絕望了，所以大概也不能遺憾更多了吧。

呆呆地坐了半個小時之後，雨依然下著，並且看上去並沒有要減弱的趨勢，於是我決定走回家了。風很大，雨水打在身上，有一點點冷。走到一半，Alex打電話過來。他說你在哪，我說在雨中漫步。他說A城下雨了嗎？我說是呀。他說北京也下雨了。北京，好遙遠的北京。我神經地說，天上連個月亮都沒有，不然的話，我抬頭看一看月亮，知道你看的也是同一個，那樣就不覺得遠了啊。我也學會了在他面前撒嬌，也許是因為覺得有安全感，但是我想應該是對他越來越喜歡了吧。他說，我很快就回來，給你補過。我說也好，晚上大家都擠著過，那麼多的人，飯店估計都訂滿了，人擠人的，沒什麼意思。還可以給你省點錢。他哈哈笑起來說你到了嗎？小心點，不要感冒了，然後就掛了電話。

　　不知道是不是因為被環境烘托，街上大多是成雙成對的情侶，還有一些穿著情侶裝，而我卻淋成個落湯雞，一個人雨中走著，晃晃悠悠……我只是，想念Alex，想要他在身邊。Alex說很快回來，其實也還是要等一周以後。我回到家，洗了澡，將頭髮吹幹。理了下，還有多少工作任務未完成。許多時候，也只有工作能讓我覺得有存在感了。這樣也就越來越明白為什麼剩女中的一部分，在事業上有時比男人都要強悍很多，如果非要自私的去計較著的話，確實工作是那種回報率比感情高的多的東西吧。我安靜地做好一些事情，卻突然決定要飛到北京去。我不打算去打擾Alex，他工作的時候，我會自己安排自己。等到我自己玩夠了，週末的時候，可以知會他一下。這麼想著，越想越high，就立馬訂了機票和青旅。

　　我一個人在北京玩的很high，但首都的天空卻是陰晦的，不能跟A城相比。這樣一來，反而覺得A城要好許多了。我在凌晨三點的青旅醒來，走到了無人煙的大街上，為的是等一輛出租去天安門廣場看升旗。我像大部分第一次到北京的人一樣新奇地做著這些事情。我喜歡大街上空蕩而安靜的感覺。打車到天安門時，是四點多一些。廣場上已經有一些等待升旗儀式的遊客，形態各異。也有環衛工人在做一些保潔工作。有叫賣早餐的攤販，我也因為飢餓便買了包子和豆漿，沒想到卻是出奇的難吃。升旗儀式，因為位置有些遠的緣故，也並無覺得多少壯麗。後來就是天色越來越亮，我東蕩西逛地走到王府井的麥當勞買一杯咖啡。

　　接著又去了故宮，在故宮博物館消磨了一整個上午。

週五的晚上，大概十點。發一條資訊給Alex，問他工作結束了嗎？他直接打電話過來說正在開車回家的路上。當聽我說我人在北京時，他連續問了好幾遍的：「真的嗎？」直到跟我確認再三，才相信我真的在北京。等他來青旅找我的時候已經是晚上十一點，神色疲憊，並無我想像中該有的驚喜。或許我的到來為他平添了一些麻煩，可我也並無煩擾他之處。直到他說他這個週末皆要為工作所忙，沒有功夫來陪伴我時，我才真的覺得這一次來的不應該，於是我便決定提早折返A城了。我在機場給他發一條短信，很久不得回復。我想應該是在忙碌，下了飛機也只是一句「對不起」。確實，多說無益，他有他的生活，戀愛跟女友，只是一部分。

——To be continued

2.

　　越來越覺得，我的生活就是以A城為根據點，在時空移動的同時，不停地到各個別的城市去晃蕩。這是我喜歡的狀態。對於大部分人的生活，在大部分的時間，只能是在原地逗留，許多未曾到過的領域，可以靠閱讀來涉足。也總是斷斷續續地看一些旅行文字。《背包十年》，《遲到的間隔年》，《我，睡了81個人的沙發》。流浪，是我們這一代人的浪漫情結。情結之所以為情結是因為對於大部分人，實踐的力度太小。

　　我從北京回來的第二天，栗子則從上海出差回來。我們有時借助於自己的工作讓自己走得更遠，認識更多，有時就只全憑我們自己，將自己放逐得遠一些。又是一段時間不見，我們自然許多話講。很多時候都覺得好姐妹有時比男友更貼心，因為女人之間的懂得與惺惺相惜。而男人跟女人之間，卻是彷彿無論怎樣地磨合，都是有矛盾，都需要彼此的包容和忍讓去維護一段感情。我也總喜歡窩在栗子家的沙發裡，與她喝酒聊天，無話不談，那樣便充滿了家的感覺。可女人之間的話題，除了衣裳，美食，書籍，電影之類，卻還總是圍繞著男人。而男人於我們實際的生活，並不是充當了多少實際的作用。卻也全是因為自己，因為自己的歡喜，才為他們牽動著情緒。有時愛，愛的是自己的感

覺，愛的是自己在愛中的樣子。我們交換著彼此在旅途中的經歷，栗子也念及工作中的苦樂，我也告知我在北京的種種。也談及師哥，那個心系於栗子的男人，這回便是同栗子一起出差到了上海。在離開A城的環境裡，他向栗子做了表白，這是我早就知道的情愫。於這樣一個男人，或許也是隱忍到了極點，他愛的衝動卻也堅決。而我們的栗子小姐，卻只能委婉地表示著感謝，於她現在的狀態，無論如何都不可能再容納下另一個人。我也並不以為這對於師哥，是在爭取著什麼，他是知道林碩的，也知道他們會結婚，所以只不過是一種坦蕩的表述。我倒是愈發欣賞起這個男人的執著，卻也為他們三人之間感到一點小小的悲哀。每一個人都用著心，卻不是完完全全對相互動心。不能夠相愛，對那個愛的深的一方有時是種莫大的折磨。可是換一個角度，這卻也是一件欣慰的事情，因為至少有愛的感覺。這世上許許多多的人，結婚或許只是一種妥協，一種合適的命定，卻與愛情沒有關係。

　　Alex終於回來了。好像我們之間鬧了點彆扭一樣的，彼此之間說不出許多的話來卻又不甘心不說不見。他帶我去兜風。夏天的晚上，燈火通明，有美麗的感覺。穿過鬧市，往郊區的湖邊開。「不生氣了好嗎？」是他先打破了沉默。我的內心湧上一股得瑟，表情卻裝著冷漠，故意將頭轉向了窗外。他過來牽住我的手，往自己身上一打，一邊又佯裝著「哇，好疼啊。」「開車呢，別胡鬧。」我想把手抽回來，卻被他緊緊握住了。「好吧，你就這樣哄小妹妹啊？不夠的。」「那行，要什麼？」「至少弄點糖果什麼的吧。」「有～」他打開車的中央扶手處的儲藏箱，

拿出一盒星形的糖果。「還真有啊，哼，專門用來騙小女生的吧。」「嗯，騙的就是你。」我輕輕打他一下。「哎呀，在開車呢。」我拿著星星舉過頭頂，天窗開著，我想像那是天空中摘下的一顆星，看啊看的，卻不再說什麼。「這就行了？真好騙！」Alex得瑟地說著，我拿眼睛白了他一眼，嘴角掛著點笑，卻什麼也沒有說。目的地到了，我們牽手在湖邊散步。這個地方安靜又鮮有人至，看來是情侶約會的絕佳去處。我們慢慢地走著，Alex選中一塊地方，就躺了下來，並且拍拍身邊的位置，示意我也一起躺下。然後用一種慵懶的聲音說道：「這樣看夜空，真是很漂亮呢，快到懷裡來。」「會被蟲子咬的。」「放心吧，要咬也咬我，不會咬你，快點過來。」於是我在他的身邊躺下。抬頭望著夜空，果然很美。在這之前，我也只是在學校的草坪跟李默然望著星空。Alex用手找著我的手然後便輕握住。我側過頭去看他的時候，發現他也正在看著我。輕輕地，他的嘴唇找著我的唇，便是一個吻。「今天給你補過情人節。」我沒有說話，主動吻了他……我們在草坪上靜靜地躺著，躺了很久。直到彼此都覺出了濃重的睏意，Alex才把我送回家。「想我了，就看看星星……」「哦……」

　　明天，又是平凡的一天。難道今天很特別嗎，今天也只是平凡的一天。每一個平凡的日子我都想去珍惜，每一個與Alex的日子我都想去珍惜。與李默然，是屬於激烈青春中的一段經歷，這樣的愛情，好像沒有天長地久可言，濃烈卻註定盛開之後只剩凋零。但是與Alex更趨向於平和，安然，沒有太大的爭執時間讓我

們變得寬容以及更加能體諒別人。到最後發現，也許這樣一種平平淡淡才是幸福的真諦。

——To be continued

3.

　　去單位上班的時候，發現前臺已經換了新的小妹。新來的小妹是個90後，大家都喚她90。中午吃過飯，休息，看老大養的那些熱帶魚和巴西龜。90也走過來，仔細地看著那些魚啊龜啊，不知說些什麼話。「哦，這是拯救尼莫的魚，這叫什麼？」我：「神仙」「哦，神仙。」「神仙，快告訴我尼莫在哪裡？」「這個尾巴很漂亮的是什麼魚。」「哦，那個是孔雀。」一會又對著那些烏龜用手指戳啊戳的，一邊還說道：「龜龜，你是個傻逼。」過了會兒，又轉過頭跟我說：「烏龜是不是看著我們也會想你們這群傻逼在幹嗎呀？」我笑了，這個問題確實蠻哲理的，我想應該是的吧。還沒等我回答她，另一個同事接過了話茬：「對啊，烏龜看著你在想呢，你這個傻逼在幹嗎？都說90後是腦殘，果然得到了驗證。」90說說笑笑，卻也不以為意。在一個大家說話都會拐著彎兒，要多婉轉有多婉轉的工作環境中，突然冒出一個說話直接，不打算討巧賣乖的人，也蠻覺得空氣中多了一些新鮮。她後來成為了大家的開心果，這是不是說其實我們內心都是渴望單純直接的呢？我永遠覺得工作中，做好自己的本職工作是最要緊的，拍馬奉承那一套我學不來，但卻也承認這種需要跟存在。只是於我，不行罷了。

老大提了個水桶，說是要去單位旁邊的公園抓一些小魚。在這個由鋼筋混凝土組成的城市裡，回歸自然是不是成了越來越多的人的渴望，於是我拿著個魚兜也跟著去了。公園裡盡是一些在附近上班的人，吃過飯，散散步，倒是很不錯的。抓公園裡的魚，固然不是太好的事情，但是也引得許多人的圍觀，並且，並無批評的，多是好奇者，口氣中，居然一個個都帶著一些欣羨。於是，這個抓魚的項目，成了我們部門的一個常行專案，通常都是，看看天色，看看溫度，然後就決定要不要去。

　　接到朋友薇薇的一通電話，告知訂婚的消息。我們認識很久。有多久，我因為比她大幾個月的緣故，所以是她出生多久，我們便認識多久。於是我準備好行囊，暫別A城的朋友們，又回我的故鄉去了。母親聽說我回家的原因，總免不了也督促我趕緊解決這樁人生大事。開車回老家，見著我的奶奶，又是一番催促。薇薇在A城的一家單位上班，是個文員。但還在一個略帶繁華又有些文藝氣息的地段經營著一家以居家用品為主的店鋪，店裡所賣的東西，大多是出口原單。一些碎花系列的床墊，沙發墊，坐墊，等等，做工精細，不免帶一點小資情調。我回家的第二個晚上，就去了她的店裡。訂婚的事情，已然被簡化了許多的程序，也並無大事可忙了，行頭都也準備妥當。夏天將去的夜晚，已經透著一些涼意，晚上是舒服的。我們倆人，一人一杯奶茶，我好奇地翻看著她店裡的那些東西，問東問西，並一一想像著用在哪些地方是合適的。一家並不算大的店鋪，竟也引得不少的客人。薇薇耐心地與人介紹著，應對著那些討價還價。忙碌時，我也幫著回應一些，只因我一直看著她與客戶交流的樣子，

也記住了不少產品的價格。晚上九點半，我們準備關店鋪回家。薇薇的未婚夫來接她，而我，則開車打道回府了。

　　過幾日，就是她的好日子了。我早早起床，打扮一番，就開車到了她的家裡。我因為原來學過化妝的關係，就替她梳妝打扮起來。來接的人十點過來，因此，時間充足。能替一起長大的好朋友打扮，看著她訂婚，結婚，見證她的幸福，這是開心的。「能嫁給這樣一個人，嫁到這樣一個家庭。我已經很知足了。結婚，結的就是門第。」我給她化妝時，她這樣說著。「你差不多就好了，不要太挑剔了。女人，總歸是要結婚的。錯過了這個年紀，就難了。」「你怎麼像我奶奶似的，連說的話，都是一樣的。」「我這是實在話，過了一定的年紀，就不折騰了，愛情不是最重要的東西。重要的是合適，匹配，在一起安安實實過日子，一起經歷，互相扶持。」「哦，確實，愛情難以定義，平淡不見得就不是愛情。」她微笑著看我一眼，「你還不是頑固不化，哈哈，嫁出去還是有希望的。」我一邊與她說著話，腦袋裡不停地閃著Alex的影子，我跟他適合結婚嗎？我們匹配嗎？我們能夠踏踏實實地過平靜日子嗎？當我這樣想著的時候，卻萌生了另一個念頭，難道打心底裡，我是想要嫁給他的？哦，不知道……

　　這樣說著的時候，來接的人到了，時間剛剛好。他們在薇薇家吃過點心，這就出門了，我陪在她的身邊，替她打一把紅傘。路程不遠，15分鐘左右的樣子，就到了男方的家裡。一切都已佈置，準備好。等我們一到，鞭炮，禮花迎接。無需仔細斟酌，這一家人都是本分人家。大概正如薇薇所言，這樣的家庭，簡單，

踏踏實實，能夠安分過日子。訂婚其實就是相當於通知大家，他們在一起了，快要結婚了。吃過點心之後，稍作休息，然後就吃中午飯，相當豐盛。席間，免不了有親戚朋友要開開小倆口的玩笑，長輩要聽新娘子喊男方父母爸媽，又囑託要好好過日子之類的。吃完，再休息休息，就又吃點心，然後返程。

我已然因為薇薇訂婚，離開A城數日，待她訂婚結束之後，我就折返了。我生活的重心已然轉移到A城，未來不知道。近段日子，怕是不會改變很多了。

——To be continued

4.

　　去年的此時，我還只是一個人，簡簡單單的生活，隨意的四處遊走，心中依然惦念著李默然。而今年的此刻，我的身邊多了個Alex。不知道明年的這個時候，會是怎樣的時光。生活，我一直儘量將其簡單。但兩個人，還是同一個人不一樣的。

　　「我們出去短途旅行吧。」某個週末的時候，Alex這樣興奮地說道。「去哪裡呢？」「哪裡都行，只要跟你一起。」我笑了，「可是去哪裡呢？」「這樣吧，你指一個方向，我們自己開車去，走到哪算哪，愛在哪裡停下就停下。」「deal。」「好，那你說去哪個方向。」「那就，西邊吧，我們往西邊開。」「好的，明天一早8點，我到你家樓下等。」我們各自帶著愉悅睡去。等到第二天一早醒來，梳洗打扮，打好包，只等Alex來接我。

　　一坐到Alex的車上，就聞到一股濃重的榴槤味道，他知道我喜歡榴槤。拉開儲物櫃，裡邊全是吃的：零食，水果還有純淨水。我們就像兩個小朋友出去旅行，備足了好吃的。我愜意地坐在副駕駛，看著左右兩邊飛馳而過的風景。出去玩，是讓我最開心的事情。行進四小時後，純粹因為到了飯點而又不想吃高速上的速食的關係，我們決定下高速了。離A城500公里，雖不

遙遠，但我並未到過的城市。在這個城市的馬路上兜兜轉轉，Alex開得很慢，我們同時注意著街道兩邊的各種飯店的名稱：海鮮不要，因為A城多的是海鮮，各種全國連鎖不要，因為走哪都有……一直到在我們自以為是的主幹道上轉過兩三圈後，我們才最終決定去哪一家吃飯。只是路邊一家非常樸素的小吃店，我挑的。只因它的名字對我來說，有些新鮮。「麥蝦」原先沒有吃過，問Alex，他也不知道。所以他也就同意了我的提議。看一看菜單，麥蝦自然是要點的，另外是一份炒糍粑。我們也從來沒有把糍粑炒著吃。我好奇地看店主如何做這兩份小吃，麥蝦是這樣的：先將一碗麵粉，和好的偏濕的麵粉拿來，向鍋傾倒一些，在重力的作用下，讓麵粉黏糊糊地往下掉，然後用刀一切，一隻麥蝦就成了，連續切成許多隻麥蝦。看上去，就有點像做刀削麵的樣子。至於吃起來嘛就像是A城的面疙瘩吧，哈哈哈。炒糍粑是咸的，原先只吃過甜的糍粑，而且是蒸煮的。炒糍粑吃起來就像是炒年糕吧，不過糍粑要更加的糯一些。總的來說，味道不錯。吃完飯的時候，我們就決定要在這個城市停下了。吃過午飯繼續前行，天氣是有些熱的。兜轉著開到一個稍顯偏僻的地方，有連綿的山峰。海拔倒不高，山腳下一座花園酒店，好吧，就是這裡了。我跟Alex幾乎同時決定在此處落腳。大概因為開車勞累的關係，我們決定先休息一下。Alex抱著我，親密的呼吸聲漸漸變得深緩，他安心地睡去。我醒來的時候，發現他正笑著看我，我枕著他的胳膊。他親吻我的前額，臉上有幸福的模樣。從未有過的安全和平和的內心，那是幸福的感覺嗎？他用另一個手的食指，點觸我的鼻尖。「這是鼻子」一邊嘴裡念念，然後嘴唇過來，

輕輕一吻。指尖滑落到嘴唇，這是嘴唇，然後他的兩片唇就貼過
來……對我們來說，大概這算是徹底和好了吧，在情人節的北京
之後。這感情像是一張網，從天而降將我牢牢套住，讓我覺得有
些束縛，卻又樂在其中。我有時懷疑自己的心意，曾經對於李
默然，我不是這個樣子的，那是一種毫無顧慮的感情，因為他，
可以不顧一切。而這種無所畏懼的勇氣或許只是仗著年少輕狂
吧。愛情那張揚的樣子，只屬於那個階段，並且一去不返。年歲
漸長，要去接受一個陌生人原來是困難的。只因頑固地活在自己
的世界裡，一群舊友，隨意而又濃烈地相處。但是一個新的人，
卻又要處處磨合。尤其愛情到最後，因為親密，也最不能寬容。
還有他身後那巨大而陌生的世界，都與我的生活，相距甚遠。可
是，此刻，他將我抱著，點點親吻似乎是吻在心上，一點點在溶
解著我與他之間的距離。讓我相信，我們無需一樣也可以在一
起……

　　傍晚將至，我拉開窗簾，看到山腳下有從山上打泉水而歸的
人，熙熙攘攘。有一些，似乎正也要藉著一點點涼意爬上山去，
鍛鍊身體也好，遊賞也罷。我將躺在床上的Alex拖起，他有時像
個孩子一樣，或者拿他的話說，只有跟我在一起的時候，才會這
個樣子，故意賣萌，逗我開心。我將他拖起來的時候，他就是死
不要臉地耍賴，硬是抱著被子不肯起來。我跳上床，讓他的胳膊
抱住我的脖子，我的雙手從他的腋下環抱住，試圖將他狠狠拽
起，可是他太重了。這個壞傢伙，最後還是因為心疼我，怕閃著
我的腰，自己乖乖起來了。天呢，我簡直不能將他這樣的行為與
他一貫的形象聯繫起來。但我，到底是適應了。只因他一句，只

在你的面前才有這種樣子……

　　山上的濕氣很重，可以看見遠方的山谷裡彌漫著雲霧。我們沒有爬得很高，總是爬一段，在休息的平臺處看看周遭的風景。我撒嬌著要他給我拍照，各種搞怪的動作與表情，沒有淑女的樣子。汗水流下來，他總是在危險的地方，牽住我的手，深怕會有意外。我發現跟他在一起很快樂，那種恬淡安靜的快樂。爬到最高一個休息台的時候，我們決定就此打住了，在環顧過一圈四周的風景之後，夜幕漸漸降臨，肚子開始唱空城計，我們就下山覓食了。

　　華燈初上，這個城市熱鬧的街頭，沒有人認識我們，只有彼此。我太喜歡這種感覺，有時甚至覺得，愛旅行的很大一部分原因就在此。沒有人認識我，我可以將自己從固定的生活中抽離，做一些跳出原來慣性的事情。我不嚮往婚姻，對我來說，我活著，並不一定是來結婚生子，傳宗接代的。人類太渺小了，而這個世界很大。有生之年，我只是經歷各種風景，見識這個世界的各種，這是我恬淡而毫無功利的理想。但是我現在，並不知道Alex是否要將我的願望改變。每當我跟他在一起的時候，我是願意跟他相守的。可是我一個人的時候，獨身的想法又會跑出來，佔據我的頭腦。其實或許可以兼具吧，這也不是很矛盾哦，我免不了有些妥協的思想。我們牽手在夜市瞎逛，看到各種好吃的東西，就忍不住掏出錢來。走了兩個小時之後，我的右腳不慎踩到了一塊鬱積了雨水且鬆動的路面石磚，就是那種看上去表面沒有問題，但是猛踩一腳，髒水會彪濺出來的石磚。結果就是我的裙子和裸露的小腿，腳踝，鞋子被彪濺得污水斑斑。一同遭殃的還

有，Alex的褲腿和鞋子。我一邊大笑，一邊掏出紙巾擦起來，他蹲下身，將手裡的西瓜暫時安放到地上，也幫我擦起來……

等到週末過去的時候，我們的旅行就結束了。輪流開車，又安全抵達A城，回到了A城熟悉甚至有些厭倦的人事之中。最後的晚餐吃得相當豐盛。因為等我們到A城的時候都已經非常餓了，車上儲備的零食已經吃光了。誰會想到在高速路口能堵上兩個小時呢，因為一起事故的關係。我因疲憊，在車上半醒半睡，Alex一開始蠻耐心地等待著，一個小時過去之後，他也漸漸有點不耐煩了，不時地張望，又走到車外面去看一看究竟前邊是怎樣一個情況了。然後又無奈地回到車裡，最後也迷著眼睛開始睡起覺來。我漸漸將身子歪倒過去，摟住他的手臂，將頭枕到他的壯實的肩膀上，就這樣安安靜靜地靠了會。然後我睜開眼睛，偷偷看他一下，又睡回到原來的姿勢。「你在幹什麼？趁我不注意，吃我的豆腐嗎？」他慵懶地問著。「我在感受。」我的語氣更慵懶。「感受什麼？」他溫柔地問。「感受你。」「嗯，那感受到了什麼？」「嗯，男人，安全感，舒服，踏實，還有幸福。」「你是吃了蜜嗎？說出的每一個字眼都好聽。」哼哼，我不理他。直到車子又啟動。這樣休息一番也好，我們吃飽喝足，也精神飽滿了。雖然等到A城的時候又是饑腸轆轆，我們又在外邊大吃一頓。他將我送回家，幫我把行李搬上樓，休息一會，喝一杯咖啡，然後就又回到他自己的地方去了。我將所有的換洗衣物洗淨，又將房子打掃乾淨，洗一個熱水澡，便無比滿足地睡去。

——To be continued

5.

　　我不知道什麼原因，已經漸漸對A城失去了耐心和原本的好脾氣。工作上也有一種停滯不前的感覺，像是遇到了瓶頸期。一個不會因為愛情或者婚姻而滿足的女了，事業和想要的生活大概才是真正能牽引她不斷努力追求進步的事情。可是我卻很長一段時間沒有進步的感覺，我因為這種平淡而不能安靜內心了。我短時間內突破不了，尤其當我發現別人在進步，一種緊迫感會更能引起我的焦慮。職場中，雖然沒有特別要好和交心的同事，某些人的離去也稍微引起一些感慨。年輕人多的行業，進進出出是非常正常的事情。我在夾雜著風的夜晚，慢慢悠悠一個人走回家。我故意將腳步放慢到盲道上，閉上眼睛。然後，張開雙臂。嗯，汽車的轟鳴聲，喇叭聲，自行車從身邊掠過，車輪一圈圈撐在路上的聲音，還有旁邊經過的人聊天的聲音，我想知道我內心真實的聲音……

　　有一天，我正在辦公室裡忙碌的時候，一個客戶突然帶著極大的脾氣衝進辦公室裡抱怨他們家的油漆做得一塌糊塗。因為自己出了一次差的關係，沒想到等回來的時候，家裡竟然變成了那種樣子。這是我的客戶，雖然我只負責設計那一塊，但是她的房子出問題，我必須對其進行安撫。尤其剛好那一天專案經理又不

在。她對我依然是客氣的。我放下手頭的工作，到了她新裝修的房子。一看，不由得一陣火氣就上來——所有噴漆的地方在噴漆之前都沒有經過磨砂處理，導致表面非常不平整。另外，木制框架與牆面連接的地方塗料都沒有刷到位。並且，天花板上也有一小塊明顯的汙跡。這樣的油漆還不如不做呢。我拿起電話彪一個給專案經理，開始有失風度地質問這個事宜。他已經在趕來的路上了，趕到之後向客戶一再道歉，說是自己監管不力的原因，會負責將油漆返工，一定讓客戶滿意。這樣一來，客戶也實在沒有什麼好說的了。最後嘆了一口氣，「行，那還有什麼辦法呢。」「放心吧，我們一定會給你做好的。」專案經理一再保證著。此事也只好作罷，因為別無他法。這個女人，其實是個好客戶，尤其當她將這件事情放下之後。她的丈夫在一家國有企業工作，並被派往印尼雅加達駐點，兩個月回來一次。一個女人，一個忙碌工作的女人，要她獨自去管理自己房子的裝修事宜，有時確實是煩的。我覺得她很不容易。我們一邊將車開往單位，因為她的車停在我們單位。剛才過來的時候，我開了單位的公車。一邊在車上聊天。「就當好事多磨吧，這是上帝的旨意。」「你信基督？」「是的，上帝是我的依靠。」「那你的丈夫呢？」「丈夫是需要的，但是人都不能作為依靠。」「照你這樣說，我真是什麼依靠都沒有。」「你也會有的。」這個女人，她為我一天的工作開了一個糟糕的頭，卻又最後帶給我某種安寧，我突然覺得很喜歡她。大概信仰有一股巨大的力量，上帝也許存在，也許不存在。但是如果你相信了，當面對無法解脫的痛苦跟折磨，無論何時，都可以借這樣一個肩膀靠一靠吧。然後，就藉著這股力量，

慢慢恢復過來了……我將她送上車，並再次向她保證她的房子我們公司會負責到底。說了再見之後，我就又回到單位繼續上班了。工作有時是煩悶的，即使是再喜歡的職業都會因為各種原因而慢慢變得不那麼喜歡，尤其是時間久了之後，那種從做一件喜歡的事情上所獲得的樂趣都會慢慢降低。因為，態度變了。初出茅廬時，覺得什麼都可以忍受，可以忍受很低的薪水，可以忍受一定程度的低三下四，可以不計價值地去付出。但是，當做一份工作兩三年之後，積累了一定的經驗，掌握了一定的技能，就漸漸失去了原來一無所知時那種學習的熱情。並且因為工作總是功利的，關乎金錢和個人發展，它不是一樁消遣。此時的我，恰恰處在這樣一個狀態裡。我想要突破，刺激和新鮮感，還有更多對生活的熱情。但是我卻沒有了，失去了，甚至厭倦麻木了。此時的我，想要離開A城……

——To be continued

第八章

1.

　　又是一個平常的下午，我待在自己的工作室裡畫圖，一邊
開著音箱聽音樂，突然接到了老爸的電話。他一般不會在這個點
打電話給我的，所以一定是有事情。接起電話：「你在幹什麼
呢？忙嗎？我說怎麼了，不忙。你奶奶身體不大好，可能要去住
院，方便的話，就回來看看吧。老爸將話說得很婉轉，他知道我
在A城不是吃喝玩樂，每天都有事情做，他要我回去，顯然已經
有些嚴重了。我說好的，我現在就回去。放下電話，立馬又打電
話給Alex和栗子，倆人都說是否需要同去，都被我拒絕了。但最
後還是借了栗子的車，就上了回家的路。在高速公路上行駛了2
個半小時之後，車入B城。我直接將車開到了奶奶所在的醫院。
儘管掛念著，恨不能車輪轉快一點，但是到了醫院之後，心裡卻
是害怕的，擔心要面對的不是想要面對的。我走到奶奶的病房，
心裡有一些沉重。她躺在床上，看上去很微弱。我叫了她一聲，
她已經有點神志不清了，一開始的時候，將我認成了我的堂嫂。
我告訴她我是誰，另一邊，我的大媽媽也在跟她一再地說著我是
誰。後來，她終於又認出我來了。我坐在她的床邊，她的呼吸很
微弱，說話已經有一些吃力了。我上一次見到她，已經是在兩個
月之前，那時她依然住在家裡，精神也很好。「悠悠」她叫著我

的乳名，「你年紀也不小了。」她又開始說這個事情了，每次都是這樣的一句開頭，像過去兩三年當中的每一次催促一樣。「差不多時候了，可以結婚了，不要錯過了光陰。」她說這些話的時候，說得很慢，很吃力。這些話，我聽了很多次，因此，她說著這一句話，我甚至知道下一句是什麼。我只是努力克制著，一邊心裡想著，我必須叫Alex過來，不管我跟他以後會怎麼樣。我要叫他過來，把他帶來，見奶奶。我勉強擠出一點笑容，應著她說好，奶奶以後還要幫我帶小孩呢。「奶奶帶不動了，92咯，年紀到邊了。你要早點結婚，早點生孩子，年紀大了，生養孩子會很辛苦。」「好，我知道了。」慢慢地，奶奶又開始昏睡過去。在病房外面的走廊裡，醫生告訴我們，奶奶的器官已經開始出現衰歇，是正常的老化現象。尿液已經需要通過導尿管輸出，打的點滴也只有少部分能被身體細胞吸收。他的意思是，奶奶時日無多了。我靠在過道的牆上，眼淚開始不自主地往下滴。這是我剛才強忍著而現在再也忍不住的。突然間，又被Alex的電話驚醒，問奶奶怎麼樣。我說不大好吧，我需要你來一趟。好，現在馬上需要過來嘛，如果情況還可以的話，我去趟北京，公司有個急事。五天後馬上飛過來。他是A城的一把手，我曉得他說急事的重要性。「我想應該可以吧。」「好的，我待會就登機，如果有什麼事，就打我電話，我立馬回來。」掛了電話，又來一個，這回是栗子。我想她也應該是不放心，栗子告訴我，趙醫師這幾天剛好就在B城我所在的醫院裡。她已經告訴趙醫師了，如果有需要的話，叫我也聯繫他看看，是否能幫上忙。還沒等打電話給趙醫師呢，結果趙醫師自己出現在了走廊裡，看我在哭，遞上了紙巾。

我急忙站起來，將眼淚擦乾。「師哥，你怎麼來了。」「我這幾天剛好在這裡坐診。」師哥走進病房，看了看奶奶的情形，然後又到醫生辦公室找主治醫師李醫師，查看了一些情況，但結果也只是證明，診斷無誤。

Alex每天都打電話詢問情況。我試圖說服自己去相信或許會有奇跡發生，因為奶奶始終是那麼堅強地活著，她已經活到了92歲，沒有生過什麼大病。我為每一天起床時能依然看到陽光而感激生命。只要活著，一切就會有希望⋯⋯

但是奶奶的情況並沒有好轉。她時而清醒，時而迷糊，清醒時一味吵著要回家，每天都問好幾遍，什麼時候出院，什麼時候回家。另一邊，醫生並沒有給我們帶來我們希望的消息。「我們什麼時候回家？」終於，父親告訴她，我們明天就回去。在回到家的第二天，我的奶奶走了。奶奶走的時候，Alex剛剛登上飛往B城的飛機。還是來不及。再過一天，就是中秋。她在臨終前，掏出兩個紅包給我，一個是給我的，另一個則是她準備好給將來與我結婚的那個男人的。我日後看到這兩個紅包，內心總是許多感慨，還有遺憾。她沒有流下一滴眼淚，走得很安詳。

——To be continued

2.

　　近一個世紀，經歷過戰亂，逃難，幼年喪母，長女夭折，晚年喪夫，窮困，辛勞，病痛，人生各種。所以大概，也沒有什麼好畏懼的了。最後的兩三年時光裡，催促我最多的就是嫁人，不要錯過了光陰，並舉例各種他人的婚姻，有正面的榜樣，也有負面的教材。好像這是唯一讓她不能夠太過淡定的事情了。對我而言，並非不能看透這自然規律，畢竟我們每個人最終都要走到那裡去，只是記憶的分量實在太沉重，何況又是曾經最單純而沒有雜念的日子。

　　用過的櫥櫃，一個臉盆架子，一張骨刻雕花木床，許多不被捨得扔掉的東西，都有著古老的年紀。依然安靜的擺放在那裡，並借由它們勾起一些往時的回憶。我好像也是有過一段追求虛榮並將這些記憶放在身後的時光的。等到我明白的時候，大概也總是太晚了。或者說，這一條路走下去，她是一直默默支持著，否則，又怎會用了驕傲的口氣要對人說起我來呢。她後來變成了一個可愛並有些時髦的老太太，講出來的話總是有趣又充滿著智慧。

　　我在這個浮華的世界裡煩躁了很久，她卻在生命最微弱的時

候活出了最頑強的意志，就連生死，也成了她自己主宰的事情，當將身後之事安排妥當後。我恬淡並感恩的看著每天升起的太陽，好像能感覺到時光在指縫中一點一點穿梭。人生之事，再大大不過生死。關於人生的真諦，比如善良，豁達，人情味，並淡薄名利，都在這最後的時光裡歸到了本真。有很多事情不再重要了……

　　家中院子裡的一小塊地上，兩顆鐵樹，長得很茂盛。她曾經也在那裡下過一些種子，有毛豆，扁豆，現在雖然伴著雜草，卻依然頑強地生長著。扁豆那紫色的小花朵，開得很好看。家門口那條直路上，不用走上兩百米路，就是整整齊齊的一大片綠油油的農田，稻子已經結出了豐碩的果實，甘蔗也長得老高了。十五的夜晚，月朗風清，我看著月亮從東邊一點點升起，然後到西邊落下去，月光灑了一地……

　　日後有那麼一天，就像我曾經所想的，希望的那樣──當我和Alex走在家鄉田間小路上，田裡的稻穗顆粒飽滿，一大片一大片黃色的稻田。那是一個月之後的某天，是秋天最舒服的日子。我和他牽手走在田埂上，路邊的狗尾巴草可以摘來玩耍。我希望回家時還有奶奶坐在她一直坐的那把椅子上等我們回家吃飯。可惜她已經不在了。Alex說這是一個很好的事情，一個人的生命，壽終正寢，這是一種福氣。這世間，有多少人，能活得那樣完滿？死亡也是生命的一部分。他告訴我他看到的一篇文章，出自一個經常給死亡邊緣的病人做手術的外科醫生。這個醫生說，他給這些病人做手術時總是故意將某一樣東西放在手術臺的對上的一個架子上。除了他自己，沒有第二個人知道上面到底放了什麼

東西。手術結束之後，有些人被搶救回來，有些人則永遠與這世界告別。他總是問那些被搶救回來的人有沒有看到上面放了什麼東西，不可思議的是，百分之九十的人都能準確說出那一樣東西到底是什麼。Alex說死亡是一件神祕的事情，我們活著的人並不知道那是什麼。也許奶奶正在某一個維上（佛祖說，世界是六維的），我們看不到她，但是她能看到我們。我們不知道，但是不知道，看不到不代表不存在。我知道他這樣說，是為了安慰我。可是我卻很願意去接受這樣一種觀點。我說服自己相信，這種存在一定存在。

又有一天，我走在B城的大街上，恰巧碰到了師哥，後來我們就坐到附近的一家咖啡館聊天。他最近一段時間，也總是到B城的醫院做對接的志願服務。B城真是個很小的地方，聊起來說高中裡的物理老師，那個教過他，也教過我的一個非常厲害的物理老師已經走了，得的是白血病，年紀還不大。他說國外有許多的醫生，當發現自己得了絕症之後，往往會拒絕治療。放下工作，放下所有一切事情，只是在剩下不多的時光裡，更多地與家人待在一起。等到最後被家裡人送到醫院時，會將一塊小牌子掛到脖子上，那牌子上寫著「請不要救我！」正因為作為醫生，他們太瞭解與絕症搏鬥的過程，太痛苦，而且最後往往還是徒勞一場，人財兩空。他們認為應該接受生命自己的軌跡，接受生老病死的自然規律。不去違逆，接受它，或許這樣也是一種值得讓人思考的態度呢。他說完這些話的時候，我的內心，生出一種謝意。我知道，他和Alex一樣，想要告訴我，奶奶的去世是一種自然規律。我問他為何這樣大的年紀了，還不結婚，其實這個問題

我之前也問過。他說以前一直沒有找到想要娶的人，現在嘛，那個想要娶的人不想嫁給我。他說的那個人就是我們的栗子小姐。哎，這樣的一種狀況，真是一個讓人無語的狀態。感情這件事，有時簡單有時煩。師哥問我何時返回A城，與他回去的日子接近，就約好了搭他的順風車回去。

　　我在很多時候，依然會想起我的奶奶來，有時是一個人走在夜間的馬路上時，有時是在不眠的深夜。往往走著走著，就開始淚流不止，她給我的，美好的，寶貴的東西太多了。她的離去，讓我知道自己似乎不再年輕，那種感覺是成長太慢，而老去則太快了。一瞬間，就發現自己已經不再年輕了，要過去的，要離開的，快速地往身後飛過去了，拉也拉不住的。要來的，急急地來著，不管要不要的。人事更替太快，內心那一個世界的變化卻沒來得及趕上這個速度。安靜一些吧，沒有什麼好不淡定的，我儘量鎮定地安慰著自己。

——To be continued

3.

　　我在A城住地的附近，是一個中學。那裡有對外開放的運動場館，到了晚上的時候有些租了場地的人會在那裡打打籃球，打打羽毛球什麼的。我和栗子得空時，也經常會去那裡打羽毛球，或者繞著塑膠跑道跑步。有一次，我們相約到那邊去打球，等運動完了出場館休息的時候，看到門口貼著一張告示，大概的意思就是，學校將有一批外教過來，大概十五個人，這些人會在這個學校裡援教一個月左右的時間，然後再前往雲南援教。特向附近的居民徵召志願家庭。對於志願家庭的要求是可以向一名外教在這一個月時間裡提供免費的食宿。作為回報，這名外教將向這個家庭的成員提供一個小時的英語輔導。我想一想，真是個不錯的主意，只當家裡又來了個沙發客。所以第二天，便按照通告上面的電話打了過去，表達了願意成為志願家庭的意向，並登記了一些基本資訊。過了大概半個月左右的時間，學校通知我將有一個來自卡塔爾的女人住到我的家裡。我不免有些驚訝，卡塔爾，世界上最富裕的國家之一，但是屬於中東地區，由於傳統，文化，宗教等原因，女人的地位並不高。沒想到，在那樣一個地方的女人，竟可以跑到中國來援教，我不免對我尚未到來的房客好奇不已。

禮拜天的時候，Alex和我開車到機場，把她接到了我的家裡。有個男人有時是椿很不錯的事情，當司機啦，搬運工啦之類的。這個來自卡塔爾的女人長得很胖，貌似胖的人天生開朗。她告訴我們她叫Nivine，其實來自埃及，只不過她在卡塔爾做生意，是一家貿易公司的老闆，主要做一些化工品的進出口貿易。我一看到她就很喜歡，因為她非常愛笑，言語舉止卻又非常優雅。這打破了我對中東女子一貫以紗麗遮面，拘謹保守的印象。第一頓飯，我們開到餐館，Alex問Nivine是否在飲食上有所禁忌，她告訴我們除了豬肉其他一切都沒有問題，並且非常樂意嘗試中國的一些美食。入鄉隨俗是一種很好的旅行態度。A城因為靠近海，海鮮是這裡的特色，我們一邊這樣告訴Nivine，一邊問她是否願意嘗試下A城的海鮮。她告訴我們，她所在的卡塔爾的杜哈正處在波斯灣的包圍中，因此也有不少海鮮，正好可以看看兩地的海鮮有什麼異同。我們舉杯歡迎她的到來，她也是侃侃而談，她現在的生活工作需要她一半時間待在卡塔爾，一半時間待在埃及。她談論起卡塔爾的風俗習慣，更說起埃及偉人的歷史文化，舉世聞名的金字塔等。Alex的工作也經常是要在不同地方，不同的國家跑來跑去，因此，跟外國人接觸，對他來說是非常熟絡的事情。我想，人跟人之間，大於言語表達的是一種內心的感覺，當彼此接受互有好感的時候，即使不說出來，對方是知道的。我從機場這一路，這一頓飯，就對Nivine產生一種歡喜的感覺。我想，她也一定覺得我可愛。因此，這一頓飯，我們吃得相當愉快。

飯後，Alex將我們送到了家裡，並幫忙把行李搬到了樓上。

過一會，他就走了，似乎有意將這一空間讓給兩位交談甚歡的女人。我早已經收拾妥當了我的一間雜物間，Nivine將在這裡度過一個月。她一再地為我能提供這一個月免費的食宿表示感謝。我問她舟車勞頓是否願意休息一下，她倒是非常坦誠地說願意喝杯咖啡聊聊天。於是，我就跑到廚房煮了兩杯咖啡，然後，在秋天明媚的午後坐著聊天，交換著彼此的生活。她有兩個兒子，一個十六歲，一個十五歲，其實兩個兒子只隔了八個月。生第二個兒子的時候，醫生曾告訴她有很大的風險，但是她堅持把他生下來了。「你看」她從手機裡翻出兄弟倆的照片，「他現在長得比他哥哥還壯實呢。」她的老公就職於卡塔爾海關。我們的話題非常跳躍，講到哪裡就是哪裡。我們談論美食，說到她在家裡做的一些埃及美食，我應接著我們這裡類似的烹飪作為回應。談到兩個孩子已經從頑皮搗蛋的狀態裡慢慢長大懂事了，她感恩欣慰。說到她的工作，亦是非常忙碌，需要到各地出差。爽朗的個性，並同時還拿自己胖胖的身材開玩笑，說她的老公戲稱她是「natural pillow」，我們倆人皆為這個事情笑了很久。我最好奇的莫過於她這樣一個角色，一個家庭主婦，兩個孩子的母親，一家貿易公司的老闆，為何要抽出這一段的時間，放下自己忙碌的生活，跑到中國來義教呢？她的回答很簡單，因為這是一件她想要做的事情。忙碌的生活其實有時是我們自己誇大了自己的存在，這個地球不是離了你就不會轉了。我有時將自己分裂成兩個角色，一個可以在俗世中結婚，生養孩子，努力賺錢。另一個，沒有功利之心地做一些自己喜歡的事情。我又由衷地佩服起這個女人來，她做到了許多我做不到的事情。我們非常開心地度過了一個下午，

等將近傍晚的時候，我說我要去超級市場買菜，要準備晚餐了，問她是願意待在家裡休息呢，還是一同前往。她爽快地說很樂意去看一看中國的超級市場。她像個小孩子似的問我今天要給她做什麼好吃的，我拿了番茄，雞蛋，西蘭花，給我們每個人拿了一塊牛排。第一頓飯，中西混搭，牛排配番茄蛋花湯。哈哈哈，比較開心的是，Nivine似乎很喜歡我這樣的安排。飯後，我開始收拾碗筷，她準備洗澡然後休息，因為第二天她就要開始去上課了。我也不得不調整了自己的作息，過一下正常人的生活。於是，在飯後，我也只是做了一些簡單的工作，然後便休息了。因為第二天早上，我還要做早飯呢。

——To be continued

4.

有一天下午，我正坐在餐廳包餃子。Nivine下課回家了，看到桌子上一排排包好的餃子，她既是新奇又是欣喜地喊道：「這個我知道，是餃子。我在英國的中餐館吃過。」我一下子就被她的情緒感染了，尤其是為了包這頓餃子，在忙碌了2個小時之後。「你要不要也來試試看呢。」Nivine立即開心地說很想試試看，於是她走回到房間，放下包包，然後洗乾淨了手，在我旁邊的位子上坐下。我示範著如何包餃子：第一個，她做的有些糟糕，並且，開始哈哈大笑起自己做的餃子的醜陋，還不忘誇我為何如何心靈手巧。說起來，包餃子是Alex教會我的，因為他是地道的北方人嘛。我一個人的時候，從來不包餃子，忙活老半天，沒有吃幾個就會開始飽，像包餃子和吃餃子這樣的事情，一定要人多才有意思。但是用來招待Nivine嘛，則是為了展示下我們中國的傳統美食，而且這個餃子餡還特別用了牛肉——穆斯林不能吃豬肉哦。她包的餃子也是一個比一個好，直到我們包完，Nivine叫我等一等，然後洗乾淨手，從房間裡拿出相機，拍下了擺在桌上的餃子，和包餃子的我們。她說要把這個帶回去給她的家裡人看，尤其是她的兩個兒子。

飯後，我們到學校的操場上去散散步，運動運動。可是不

一會，卻突然下起雨來，於是，我們奔跑著躲回到室內體育館。然後，看著雨嘩啦啦的下下來。「下雨，是吉兆，可以祈禱，雨會把你想要的東西帶給你。」Nivine開心地說，「我要開始祈禱了。」我看著她虔誠地完成了這個儀式，就問她許了什麼心願。「把健康帶給我的父親，希望他好起來。」她的眼中掠過一絲傷感，我想我不便再問下去了。只是說，會的，他會好起來。「你知道嗎？你們這裡這樣的天氣，在卡塔爾可是冬天了，最冷的時候。」我大概也知道中東的沙漠地區終年高溫不斷，尤其是夏天，那溫度一聽感覺就能熱死人。「嗯，我們現在是秋天，我認為最好的時光，安靜的，內斂的時光。」雨一直下著，因此，我們只好躲在屋簷下，聊聊天。說到很多東西，她跟我講古蘭經。說起古蘭經，想到了有一天早上，我看到她手裡拿著本綠色的書在那邊看啊看的，我走過去看一眼，那文字像蟲爬。就問這是什麼書，她說是「Al-Quran」，一開始，我沒聽明白，但是卻不自覺的摸了摸那上面的文字，因為有一種神奇的感覺。她並沒有將書本拿開，在接下來的談話中，她講到他們的祈禱儀式，比如固定的時間點，或者每天的任何時候，當你想要祈禱的時候，將額頭靠近到大地上，將全身心的煩惱，不好的東西，給大地，因為大地會無私寬廣地包容和接受你的一切。然後內心清澈，純淨地開始一天中餘下的時光。為此，日後我也經常在覺得煩悶，絕望，孤獨難過的時候將我的額頭貼近大地，整個身子匍匐著，類似於瑜伽體式中嬰兒式，讓自己通過這樣的方式去放鬆。她講到每次看這本書時，她總是要先洗手，並且，直接地說其實我不希望你剛才那樣觸碰這本書。我為剛才的行為道歉，她卻說沒有關

係，真主不會怪罪不知的人。在被雨困住的屋簷下，我們又講起這些來，信仰之類的。我又開始跟她講老子的《道德經》，卻不知道該如何用英語說出老子和道德經這兩個字眼。只是說到這些文字，思想，哲理能夠給人內心帶來安寧和善意。

Nivine在A城的時光過的很快，我白天時空閒，也會跑到Nivine的課堂上聽她講講課什麼的。那群小朋友居然在Nivine的煽動下跟我做起了互動，我也因此覺得有點好玩，感覺像是回到了讀書時候那種相似的情景。轉眼，只剩下一個禮拜的時間，她就要去雲南了，我們決定最後再去逛一次街，她很想買一雙鞋子。但是一走進商店裡邊，大多數中國品牌的鞋子沒有她的碼，而一些國際知名品牌，在卡塔爾同樣能夠買到，所以她就沒了興趣。我們又感歎起現在的都市發展，都是商場林立，同樣的品牌進駐，漸漸失去了地方特色。我們在街邊買兩杯鮮榨的橙汁，又買兩個心形的蛋糕，一人一個。她說她最喜歡橙汁，尤其是在疲勞的時候，她覺得橙汁能夠緩解疲勞。我們走進城隍廟的一家非常有中國特色，賣民間工藝品的小店，可是卻因為老闆看到我領著個外國人，怎麼樣都還不下來價格。我告訴Nivine，她看中的那個琉璃筆筒遠遠不值老闆給出的那個價錢。在路邊看到狗販子在擺地攤，有四隻小奶狗被擺放在那邊吸引人著路人的眼球。我們蹲下身去玩了會，她說起她的兒子非常喜歡狗，可是在卡塔爾，弄到一條狗也很困難。

很快，一個禮拜過去了，到了該離別的時候，我將那個琉璃筆筒拿出來送給她，是她去學校上課時，我一個人跑到那家店裡買來的。另外，還有我們談到過的道德經，我買了英文版的。

而她，則送了我一個綠色的錢包，有一次她問我喜歡什麼顏色的時候，我跟她說喜歡綠色，我突然就這樣記起來了。然後還有一本翻譯成中文的《古蘭經》。兩個人，真是想到了一塊。她一再地對我在這段時間，提供食宿的行為表示著感謝，我也同樣謝謝她帶給我愉快的經歷。然後，互相留下了電郵等聯繫方式。像接她來的時候那樣，走的時候，依然出動了我的司機兼搬運工戀人Alex，我們開車將她送到機場，然後回去了。我的內心，突然有些傷感。這樣的一個人，走進我的生活，真是一件神奇的事情。雖然說好了保持聯絡，雖然說好了還要再見，但有時聯絡會因為空間的阻隔而生疏，再見卻是難以料定的事，所以，很有可能這樣一個人以後再不會見。其實人生中，許多的人何嘗不是如此，天下無不散之筵席，時間長短而已。所以，當下的，要多惜。想到這裡，我緊緊依偎在了Alex的懷裡，如果可以的話，我希望永遠跟他在一起，沒有分離，不再有分離。

——To be continued

5.

　　這段時間，因為招待Nivine的關係，我就很少跟栗子單獨去約會或者逛街什麼的了，有一天，栗子打電話給我，約我晚上去她家裡吃飯。我竟不知她什麼時候養了一隻可愛的加菲貓，等到了她家裡的時候，就著實被那隻名叫莓莓的可愛小貓給萌翻了。栗子在廚房裡叮叮噹噹地做著菜，我玩了好一會才去幫忙。這是我非常喜歡的好時光，兩個惺惺相惜的女人，好閨蜜，一起做美食，一起弄好了，開一瓶紅酒喝到微醺。當我們談過她跟林碩的婚期已定，房子也已經裝修得差不多了的時候，她喝一口酒，放下杯子，然後平靜地說：「我下個禮拜去西藏，你可以幫我照顧下莓莓嗎？」「怎麼突然想去西藏了？」「很久以前就想的，以前一直想著，去趟西藏，回來，然後把自己嫁了。」「嗯，一個人去？」「是的，想要純粹的時光，空間，在這個活膩了的地方，有時感覺自己沒有真正地活著。」我又何嘗不是如此，但是現在的我，就像一艘輪船，而Alex就像是我的錨，我不知道是從什麼時候開始的。他一點點在我的心裡安了家，他在A城，於是我也想在A城，儘管這個地方，也時常給我一種膩了的感覺。「好的，去吧，我送你去機場。我幫你養著莓莓，然後等你回來。」「下週三下午二點的飛機。」「那我

週二晚上過來把莓莓接到我家去。」「嗯。」週末的時候，我和Alex還有栗子林碩一起到巴斯酒吧聚會，算是給栗子一次小小的踐行，我和栗子都喝了一些酒，倒是兩位男士，因為要開車的關係，居然滴酒不沾。我們倆喝high了一起跑到臺上唱歌，在舞池中跳舞。然後就是大部分記憶如酒精般揮發，再次清醒的時候已到了第二天的早上。我坐在床上發了一會愣，卻突然神經質地開始哭起來。想到很多很多的事情，想到我的奶奶，失去的傷感有時會在瞬間達到極致，莫名其妙。失去，在發生的那一剎那，有時竟然沒有任何痛楚。是身體，眼睛可以麻木地盯著天上的月亮，好像沒有發生一樣。可是，卻也會在吹著冷風的夜裡，一個人走在馬路上，旁邊的樹被風吹得嘩啦啦響的時候，眼淚就止不住地要掉下來，整顆心都是苦楚的。我在宿醉之後的早晨，頭疼欲裂，房間裡只有我自己，結結實實地感受著這一種傷感。

　　很快就是週三，我們提早一個小時到達機場，栗子背著背包，戴一頂鴨舌帽，穿一套簡單樸素的衣服，化一點點淡淡的妝。沒有林碩到機場來送別，這一定是栗子刻意的安排。此時的她，給自己一個回歸的身分，她想要一個簡單的角色，單身，未婚，不是醫生，只是個背包客。她不想要，暫時不想要A城的一切，儘管林碩甚至是她這不長的最好的青春年華中唯一一個深愛的人。只可惜，他給她的卻不是完滿。「那你什麼時候回來呢？」「一個月吧，我會給你打電話的。到了那邊就給你打電話，然後回來了再叫你來接我。」「倒真是會利用我這個免費的勞力。」栗子把車鑰匙還有家裡的鑰匙塞到我的手裡。「車，你

需要的時候就開吧。家裡如果有什麼事情，也幫我去看看。」
「放心吧。」我們給彼此一個擁抱，我看著她過了安檢，回過身來跟我揮揮手，然後就這樣去了西藏。

　　莓莓是個粘人的傢伙，也還乖，沒有亂咬我的東西，也沒有跳上書桌，把我的設計稿弄得稀巴爛。有些小頑皮和小活潑。我以前一直不喜歡貓，只是非常喜歡小狗，但是現在，卻連同小貓也喜歡上了。原本倒是有些擔心，家裡的Peter是不是會跟莓莓鬧起來呢，也幸好沒有像小時候看過的動畫片裡那樣上演貓狗大戰，於是我就放心了。有時，不在家的時候，出去一會，也不再擔心他們會打架而急匆匆地趕著回來。我們的Peter儼然長成了小帥哥，因為我經常拉著他去跑步的關係，已經有些壯實了。Alex有時會過來一起吃個晚飯什麼的，然後就開始逗莓莓和Peter玩。這樣的時候，我總是心裡會覺得非常的安心快樂，儼如安逸的已婚婦女般，對這個世界沒有更多的要求。我曾經不是如此這般地活著，我喜歡計畫，計畫好很多的事情，我希望事情能按著我預計的軌道去發生，在某個既定點上，去獲得那些只要通過自己的努力爭取就可以獲得的東西。但是我忘了，這世界上，我不能主宰的事情太多了，我甚至很多時候，都不能主宰我自己。在很多很多的時候，我只是希望，當我覺得快樂的時候，Alex也能夠感覺到相同的快樂，甚至更多。

　　莓莓在我們家裡倒是住得很習慣，我對她的存在，沒有一點困擾，反而得到了不少樂趣，我沒有急著要她的主人領她回家。可是一個月過去了，栗子卻並沒有回來。她沒有回來，只有一封

來自於她的郵件，在某個孤獨的深夜裡，安安靜靜地躺到了我的
郵箱。栗子告訴我，一切都好，只是旅行的時間要延長。

——To be continued

第九章

1.

　　天氣一點點開始冷起來了，A城的冬天總是非常的冷，以至於每一個冬天，我都想要逃到熱帶去。因為一到冬天，我的手就開始冷得要命了。Alex開車的時候總是要牽住我的手給我暖著。星期六，難得的好天氣。難得還有不用加班的Alex，他說是不是甘蔗成熟的季節了，有一天開車在郊外，好像看到田裡的甘蔗熟了。我說對啊，你想去砍一些甘蔗嗎？他說好，我們就開了車，往我的老家開。之前回老家時，大伯總是不忘跟我說甘蔗什麼時候可以砍了，你們要來吃。只是老家今年發過了大水，那些在水中浸泡了一個禮拜的甘蔗怎麼都扶不直了，這樣，也就影響了甘蔗的甜度。我們在高速的休息站簡單吃了些食物，然後就一路開到了鄉下的老家，我甚至都沒有提前跟大伯打一聲招呼。遠遠地看到他在田裡，穿著幹活時的髒衣服在田裡辛苦地將那些甘蔗砍下，然後捆成一把把的。再在田埂裡挖出一塊方方的凹地，將砍下的甘蔗埋進去，即使到了明年的六七月份，依然可以一根根抽出來吃——這是我們那邊最最原始的保存方法。這是我很小很小的時候就看到過並且知道的。

　　我喜歡這個村莊原來樸實的模樣。我是說，像很久以前那樣，而不是現在這樣，周邊立起那麼許多的工廠，環境也不再像

以前那麼好。我喜歡這個村莊以前的模樣，閉塞，甚至落後，可是村裡的人卻是淳樸的。我在這裡出生，一直到我十歲的時候。我的大伯是一個傳統樸實的農民，閑來的時候總是喜歡在村裡打打麻將。然後各個時節，種下不同的蔬菜瓜果，等到一定的時候就開始收割了。如果說，曾經，我年紀還小一點的時候，我會削尖了腦袋地想要去外面的世界看看，但是到這個時候，我卻已然有了不同的心境。我開始覺得安逸也是一種獲得，沒有什麼是無需代價就可以獲得的。外面的世界已經大不同了吧，可是我的大伯他　如很多年以前一樣，放得下許多的功利，不在乎很多的世俗，用他自己認為最好的方式活著。

大伯還有大媽，是見過Alex的，他們已然將他當做自己人來看。不過溝通有點小問題，好在我還是個合格的翻譯。Alex沒有這麼近距離地接觸過甘蔗田，只是就這四四方方一塊，他就非常興奮了。然後，大伯直接從田裡砍下一株新鮮地遞給他，Alex也就直接拿牙齒一條條撕裂開那些皮，然後吃起來，一邊還不忘分了半根給我，他是真忘了，我是從小見著這樣的甘蔗長大的。

Alex硬是要幫著大伯砍那些甘蔗。他本以為自己也算是注重鍛鍊身體的，砍個甘蔗有個什麼問題呢，可是等天黑了收工的時候，我看他已經累得夠嗆了，直歡這砍甘蔗也是一項技術活。我們打算住一晚再回A城。晚上，Alex陪著大伯喝酒，燙好的黃酒最適合在冬天的晚上小酌幾杯了。大媽做了可口的下酒菜，連我都忍不住要喝上幾杯。Alex此刻倒真正像一個東北漢子了。很多時候，我都不覺得他像一個東北人，他自己也承認不像，並解釋說是因為還年少時就離開了家去外地讀書的關係。

　　冬天的夜晚，Alex說要去外面看星星。我們穿上大衣，拉著手走在田埂上。田埂總是彎彎扭扭的，Alex將我抓的很緊。我說你是怕摔著吧？這麼緊拽著我。「怎麼是怕我摔啊，那明顯是怕你摔嘛，怕你扭了，或是一不小心跌落到田裡去，黃鼠狼來咬你。」「哈哈，你是想起了少年閏土嗎？咋不是獾豬或者別的什麼？」「啊，這裡有獾豬嗎？你看到過？」我一見他那有些相信的樣子，就忍不住想多逗逗他。「怎麼沒有啊，多的是。」「那為什麼還要出來啊？」「這不是你說要看星星嗎？」Alex這才想起來是來看星星的，他抬起頭，望著這片星空，「這是城市裡沒有的星空」他一邊傻笑著，一邊喃喃自語，「真好，這裡真好。」Alex去過這世界上很多的地方。去過那麼多那麼多的地方，我不知道，他此刻是在感知著怎樣的美好，讓他可以那麼出神，以至於我趁他不注意悄悄躲起來了他都不知道。等他回過神來喊著我的名字時，我已經好好地躲在了一個草垛的後面，小的時候，我們會在收割過的稻田裡玩耍，田裡立滿了一堆堆的草垛子。我們經常將這些草垛搭成房子，有時也玩捉迷藏。童年的樂趣真是來得容易。我本想趁著他不注意的時候，偷偷地跑出去嚇他一大跳。可是卻不知什麼時候，他發現了我的藏身之所在，已經悄無聲息地來到了我的身邊，最終倒是我，反而被他嚇得跳了起來，尤其是這大晚上的田裡，沒有別的人。我哇哇亂叫，他趕緊把我抱住了，說不怕不怕。直到我在他的懷裡安靜下來，他用下巴抵住我的額頭，然後又抬頭看著天上的星星。「你看，這裡多好。」「好什麼，巴黎不美嗎？你在挪威不是看過極光嗎？不好看嗎？你去過那麼多的地方。這裡怎麼就好了？」「因為，以

前都是一個人，而現在，你在這裡。只要有你在，哪裡都好。」

「淨是些噁心巴拉的話，真噁心。」

　　第二天走的時候，大伯在我們車了的後備箱裡裝了好幾把的甘蔗，讓我們帶給A城的朋友吃。我是再熟悉不過這些東西的了，儘管看著親切，卻並不喜歡吃。這就把Alex這個饞鬼開心壞了，他想著也要占了我的那一份。回到A城的時候，我們都很開心，好像被充滿了電，處在了滿格狀態。

　　　　　　　　　　　　　　　　　　　——To be continued

2.

　　A城的朋友，除了栗子，沒有更親密的了。可是栗子還沒有
回來，她離開A城已經有兩個月，沒有更多的聯絡，除了一封郵
件，裡面有一張照片。可愛的栗子穿著紅色的羽絨服在布達拉宮
前，她笑得純粹又安靜。是西藏的安靜給了她這樣恬淡的能量
嗎？她在A城生活過很多年，有簡單的生活，也有辛勤忙碌的日
子。在最初遇見林碩的日子，她是那麼得開心。可是後來，自從
她知道林碩在外邊有女孩的時候，她就開始失去了那種快樂。取
而代之的是沉默的，安靜的，壓抑著的隱忍。愛到深處，沉默是
金吧。我想她有時是在與自己做著對抗，挑戰著自己容忍的極
限。對一個女人最大的讚美就是求婚，可是這個向她求婚的男人
心裡卻還有另一個人。想到這裡，我忍不住嘆了一口氣，原本打
算打給林碩的電話打到了師哥那邊。我約他出來吃飯，順便提及
從家裡帶來甘蔗的事情。他說下了班來接我。

　　因為前一天沒有睡好的關係，我在下午的時候就給自己泡
了一杯咖啡。然後，整個下午埋頭工作。有時麻木是種很好的狀
態，而工作則成了最好的麻木方法。快六點鐘的時候，師哥按約
來接我，Peter還是一如既往的熱情，躲在角落的莓莓喵喵叫了兩
聲。他說你什麼時候又多了一隻貓了。當我告訴他這是栗子的貓

時，他的表情明顯出現了一點點異樣，雖然瞬間即逝。他不希望我看穿他內心濃烈的思念，卻還是被我捕捉到了。「她有說她什麼時候回來嗎？」「沒有，只是又寫過一封郵件給我，內容也非常簡單。無非就是叫我放心，她很好。我想，她是真的很好，你也不用太過擔心。」「我想我是有點瞭解她的，她這個人想要做什麼事情，內心總是很堅定的。」

師哥帶我去一家新開的泰國餐館吃飯。這家店充滿了異域風情，吃飯的間隙裡有熱情的唱歌表演，其中一個女孩還拉著我隨著音樂跳起舞來。店裡的東西也做得非常好吃。我一邊咯咯地笑著，一邊還不忘吐個舌頭表示著某種無奈，心裡卻還是開心的。新鮮的東西可以很容易地帶給人一些樂趣。和師哥總是有許多的話講，除了生活瑣事，工作，見聞，更可以回憶的是高中母校的一些情況，家鄉的街道，哪裡有好吃的東西，還有時不時冒出的那幾句方言。我將他當做一個兄長，我甚至希望，如果栗子的終身大事可以託付到這樣一個人身上不免是一樁很好的事情。可是，這世上的事情，沒有一樣是有定數的，世事難料，或許才是人生最大的樂趣所在吧。

吃完飯師哥將我送到家的時候，可憐的Alex才剛剛從辦公室加完班出來。「那就來我這裡吧，我煮面給你吃怎麼樣？」我在電話裡對他說道。「當然好啊，累死我了。」Alex大叔明顯就是個小孩嘛，總是在我這邊顯現出一點也不成熟的模樣。他按門鈴進來的時候，我剛將煮好的麵條，撒一把蔥花端出來放好在桌上。Alex完全沒了往日的紳士風範，見著面就把臉往碗裡放，坐在對面的我看得直搖頭。我都不想說他哦。「你今天做了什麼

啊？」他在狼吞虎嚥的間隙裡還不忘跟我聊天。「沒幹嘛啊，就畫畫圖，原本打算打電話讓林碩來拿甘蔗，結果覺得有點生氣，就叫了師哥了，順便蹭了頓飯。」「為什麼會覺得生氣呢？」「你知道的。」「是的，可是栗子也知道，其實這是他們兩個人的事情。」他突然又變得有點像大叔了，「其實你不知道背後究竟是什麼樣的一種情況，有時我們眼睛能夠看到的只是表像，一個人如此行為，我想都有一定的理由吧。」「感情這種事，又有什麼好爭辯。」「那好吧，你可以幫我洗碗嗎？」「不行，自己的碗自己洗。」「可是這是你家，你是主人誒。要不我們猜拳吧，誰輸了誰洗。」真是太受不了他了，結果才出手，我就輸了，只好端起他的碗走向廚房。好吧，得慇的Alex大叔立馬跑到洗手間去洗手洗臉，然後就逗著Peter和莓莓玩起來了。

　　如果正如人們所說的那樣，當一個男人在一個女人面前表現的幼稚時是因為他喜歡這個女人，那Alex大概就是人們所說的那一種情況吧。我倒真是很想知道工作時候的他是不是嚴肅得嚇人，是不是有著截然不同的一面。喜歡一個人也會有越來越強烈的佔有欲望吧，連他生活的點滴都會好奇，甚至嫉妒他過去的歲月裡，怎麼不是我陪伴左右呢。過去並不重要，重要的是現在和未來，我會如此安慰自己。在青春過半的年紀，我比以前渴望安定，沒有那麼多的不羈與桀驁不馴，那是青春半開半謝的狀態。當感懷漸漸失去一些東西的時候，也許也是一種老去吧。有時是懷念的，尤其是相信只要努力就會有回報的階段。後來的時間，只是慢慢地認識到沒有什麼是無需代價就可以獲取的。當沒有那樣天真的能量時，可能也失去了原本可以出類拔萃的機會吧。可

是，生活就是這樣了，如果可以，就在所在的地方生根發芽，就在所在的地方枝繁葉茂，然後開出花朵。

　　什麼時候，Alex已經漸漸變得那麼重要了，這是我不知道的，時間真是具有巨大的能量。好吧，如果愛，請深愛。沒有畏懼。

——To be continued

3.

　　天氣一天冷過一天，西藏的天氣應該比A城更冷吧。再過一個月就是耶誕節了，耶誕節是變相的情人節，可是我們的栗子小姐還是沒有回來。貝斯店的老闆也問過我們好幾次怎麼栗子還不回來呀。他打電話跟我們說他在A城的舟宿夜渡要新開一家酒吧，想要找我們一起去暖暖場。怎麼栗子還沒回來啊？那你們先過來捧捧場吧。某個週末的晚上，我，Alex，林碩，三缺一，就跑到新的酒吧聚會。酒吧名稱叫做Shiva，這是印度神的名稱。貌似用來做酒吧名還是可以的。

　　我發現自己也是越來越宅了，竟對這聚會沒有太大的興趣，可能因為栗子不在也有很大的關係吧。天冷了，也是更多地喜歡待在家裡看書，尤其是晚上，坐在被窩裡，抱一個熱水袋，看看書，這是多麼愜意的時光。可是有時還是不得不畫圖，工作，因為明天還是要有飯吃。年紀一點點大起來，遇上工作或者生活的瓶頸有時是蠻悲哀的事情。因為少了初出茅廬時的那股衝勁和謙卑，更不像年輕一點時那麼天真，許多事情看透了真是一點意思也沒有啊。

　　我們三個有一搭沒一搭地喝點小酒，臺上又有歌者低吟淺唱著不知是誰的人生。這一切，都太熟悉不過了。只不過栗子不

在。配合著冬天的氣氛，我突然覺得蕭條，沒有歡喜的情緒，竟是悲從中來。又是一年快要過去，我們究竟收穫了多少東西？Alex大叔倒還像往常一樣正常，並沒有為我的情緒所感染。只是林碩，一杯又一杯下去，我也看出了他的難過。是因為栗子沒有回來的關係嗎？我看到Alex擋住了他那杯正要往肚子裡灌下去的酒，勸他少喝一點。可是他笑一笑，好像不準備乖乖聽話。哎，這是什麼狗屁倒灶的夜晚啊，我決定走到外面去透透氣。我穿上外套，拿了手機走到外面。江邊的霓虹，忽明忽滅，這清冷的晚上，能看到呼出的氣是白的。遠處屋頂的看板閃爍的畫面和字幕，汽車在不遠處的馬路上飛馳而過，有一些是A城富少的跑車，夾帶著跑車轟鳴之聲。這個夜晚，真是浮華極了。可是我又覺得夜色是安靜的，因為我此時是一個人。突然想要抽一根煙，如果栗子在就好了。不過我答應過Alex從此再也不抽煙的，即使是Alex這樣出國讀過書的人，怎麼也還是無法容忍自己的女朋友抽煙這種事呢。說起來只是說這個對身體是很不好的，女孩子不要抽煙。我撥打栗子的電話，還是無法接通。傻傻在門口站了一會，有兩個老外，勾肩搭背的，喝醉了酒，朝我說著Hello，吹一聲口哨就過去了。我竟也笑著說一句hello。A城的外國人還真是不少，尤其是在酒吧一條街這樣的地方。我傻站著，直到冷風將我吹得有點麻木。一回頭，發現Alex一直站在我的背後，「你不冷啊，一直傻站著幹嘛？」「我有點不高興。」「我知道，不過，我們回去吧，好嗎？」我點點頭，然後就往裡邊走。走到距離我們的位置不遠處，發現林碩的對面坐著一個女孩，是那個……在七號餐廳看到的女孩。女孩子對著林碩不知道說著什

麼，表情有點悲愴。可是林碩卻自顧自地低著頭看著杯中的酒。過一會，女孩子走了，一邊哭著，我看到她用紙巾抹著眼淚。我們走過去，到林碩的座位旁邊坐下，「怎麼了？」我問道，「沒什麼，我跟小野分手了。」「哦……」「我要跟栗子結婚，我要等著她回來做我的新娘，我只要她一個。」林碩稀裡糊塗地說著這樣的話。我想我該替栗子高興吧，她等了這麼久的完完整整的愛情，她終於等到了。雖然她此刻在遠方，她唯一深愛的男人，終於願意將全部的感情交給她。可是男人呀，為什麼總是要等到這樣的時刻才有這樣的覺悟呢？當愛情滿滿包圍在你身邊的時候，難道你看不到嗎？「我想栗子，她怎麼還不回來啊？」喝醉酒的林碩就像一個孩子，絮絮叨叨地說著這些話。我和Alex打車將林碩送回家。

　　安頓好他，希望他明天醒來的時候還記得他說過的話。不過，酒後吐真言，我想，這應該是他此刻內心真實的感受吧。然後，Alex又把我也送回家。我們泡了一壺茶，雖然沒有喝醉，但是至少也解一解酒吧。

　　週末的時候，Alex有時要加班，不需要加班的時候，總很喜歡賴在我的小窩裡，好像跟他原來的角色是分離的。他是在享受我這個世界的美景嗎？我始終以為，那是因為他在我的世界裡總是能感覺到輕鬆愉快的關係，所以他才喜歡吧。我們一邊喝著茶，一邊談論著林碩與栗子。他們是定在明年的五月份就要結婚的，大概還有半年左右的時間。能在這個時間點上，回頭是岸，總比結了婚都不知道回頭強吧。我原本是一直可惜栗子的，她

因為陷入太深，對這段感情已經到了無能為力的地步。能現在這樣，也許是件好事吧。愛情，真是讓人無能為力。

因為太冷，喝了些酒，我就越發地想要睡覺了，不停地打著呵欠。Alex看出了我的倦意，就催促我趕緊洗澡睡覺。他替我蓋好被子，卻仍是沒有一點睡意，便從我床邊的書架上拿了一本書來看著。我卻不爭氣地慢慢睡著了。第二天醒來的時候，太陽已經照到了床上，床頭櫃上放了一張紙條：親愛的，我今天加班。嘆一口氣，還真夠忙的。我裹上睡衣走到陽臺上看一眼冬日早上的A城，卻發現花盆的泥土裡留下了幾個煙蒂。我想，這是Alex留下的吧……

——To be continued

4.

　　天愈發的冷了。冷得我去上班時選擇了步行，因為天冷的時候，剛騎上車那會總是很冷的，可是騎過一陣，到達目的地之後，總是容易出汗，使得背上都是黏糊糊的難受。然後，我就果斷地選擇走路了。雖然走路上班去需要花費掉將近四十分鐘的時間。

　　我在家裡吃過早飯，背上包，拎著筆記本，就出門了。我喜歡冬天的早上，清冷的，但是有一點點安靜的感覺，彷彿世界要比別的季節清潔很多。上班的路上，會路過一個公園，那裡有一大片的銀杏。每一年，又一年，我看著這一片銀杏綠了，然後又黃了，葉子掉下來，然後等明年春天的時候，再長出新的枝葉。這一片的銀杏樹，葉子已經全部黃了。A城的冬天，徹底來了，將至零點的溫度。我看到有人在這林子間攝影，寫生。有些人明顯就是遊客，背著背包。最顯眼的，要數三個老外：一個老外帥哥，留著長髮，坐在落葉上，背倚靠到一棵樹上，對著眼前的景色寫生。另外兩個年輕的女孩子，一個批著長髮，裹一塊褐色大布，香肩和美腿竟是裸在了外邊。濃烈的紅唇，年輕的身體，演繹的卻是一場充滿落寞的景致。她將頭低低垂落，腳卻踮起來。這奇怪的造型──我倒是很想看看相機背後另一個女孩子捕捉到

的又是怎樣一番景致。可是如果執意過去搭話，倒不免顯得唐突了些，所以只是慢了腳步，多看了幾眼。這公園附近，就有一個A城比較有名的青年旅社。我也曾經因為好奇在裡面住過一晚。所有一切，似乎只屬於某個人生階段。那是一個不接地氣的階段，如果人活著，永遠可以那樣簡單和自私，倒也真的不錯。可是對於大部分人，是做不到的，尤其是不夠神經質的中國人。

一邊走著，這三個外國背包客漸漸淡出了我的視線。疾步穿過幾個街道，到達辦公室，開始我一天無聊的工作。我已經忘記從什麼時候開始將無聊這個字眼毫不猶豫地與我的工作聯繫起來。時間一天天過去，這似乎成了最不意外的結局。我機械性地做著相同的活，慣性解決著一些需要我解決的問題。吃飯，工作餐，下午一杯咖啡提神，餓了幾片麵包充饑來加班。好在效率還算可以，總算七點鐘，可以回家了，不算長的加班時間。我伸伸懶腰，看到一個小時前，Alex發過來的簡訊說開個會，然後一起去他家里弄火鍋吃。看到短信，才發現肚子竟也是餓了，辛苦工作一天，居然還是蠻有滿足感的。頓時就心情好起來了，回復一句好的。我再次看一眼時間，想一想他應該還在加班，要不然，肯定是會打電話過來的。於是收拾東西，準備到附近的超級市場，去買好火鍋材料，然後就跑到他的家裡去。

人是奇怪的動物，心情一好，看什麼都是好的了。比如超級市場裡的青菜也覺得新鮮可愛，然後特意多買了一盒Alex大叔最愛的牛肉卷，和一盒片好的三文魚。選了一堆的貢丸，蝦丸，新鮮的果蔬。凡是火鍋需要的都買了一些，也不管兩個人吃是不是太多了。等到結完賬，拎了個袋子走在路上時，才發現買得太多

了。因為拎著好累哦，連我這個女漢紙都覺得手酸。

　　天氣是冷的，晚上就更冷了。除了我拎著袋子的手，身體倒是蠻暖和的，甚至都快走出一身汗來，終於快要到Alex的家了。包裡的手機卻響起來，一想肯定是Alex的。雖然很討厭每次騰不出來手卻需要去接電話的那個狀況，但是想到是Alex的，心裡還是覺得挺開心的。拿出手機一看，果不其然。接起電話，就開心地說，我買好火鍋材料了，快到你家樓下了呢。連音量都往上提了些。可是Alex頓了會，卻說了句抱歉，恐怕今天不能吃火鍋了，我這邊有事還沒弄好呢。我的心裡頓時就涼了，非常配合著天氣的那種涼。我一時沒說什麼話，Alex卻一再地說對不起。換做平時，也許我也只會蔫蔫地說一聲，那好吧，工作要緊。可是那一天，我卻不能自控地發作了：「我現在討厭你，非常討厭你。你的眼裡只有工作，好啊，你去跟工作戀愛吧。」「你不要生氣，我今天實在不能陪你。」「我現在不想跟你說話，我的手很冷，我要掛電話了，再見！」我憤憤地掛了電話。看著地上堆放的那一個大袋子。突然又覺得沒勁極了，要不是因為知道賺錢不容易，我恨不得將那個大袋子丟在地上算了。我在原地嘆了好幾口氣，然後拎起那個大袋子，朝自己的窩裡走去，並且決定，在Alex來找我以前，我再也不理他了。我的形象，就是一個怨婦的形象……

　　我憤憤地走到家裡，把東西放到冰箱裡，一個人吃完了那一大盒的三文魚。裹著芥末，刺激的味道充斥著我的整個鼻腔，口腔，辣得我眼淚奪眶而出，直到後來，都分不清楚是因為辣還是真的在哭。然後，再然後，我的胃居然開始抽搐著疼起來。一定

是吃了太多三文魚的關係。我蜷縮著躺在了床上，迷迷糊糊地躺著，好像聽到電話鈴聲，也疼得不願起來去接。然後又不知道過了多久，聽到敲門的聲音，溫柔的敲門聲似乎變得煩躁，然後就是開門進來的聲音。客廳裡的燈被點亮了，是Alex。我淚眼模糊地看著他，「你怎麼了？」「我，胃疼。」我似乎虛弱地說道。然後，他二話沒說，就抱起我將我送到了醫院。又是打針，吃藥，掛點滴。一整個晚上，他都坐在我的床邊陪著我，雙手握著我不打點滴的那個手。我每次睜開眼睛看他的時候，他就摸摸我的額頭說，快點睡吧，好好休息，乖。眼睛裡滿是疲憊和內疚。我的心就一下子軟了。

—— To be continued

5.

　　胃疼這種事情往往是來得快去得也快，第二天醒來的時候就沒事了。不過我很少胃疼，我覺得那是那種嬌弱的女孩子才有的特權。那種瘦瘦的女孩子，有白皙皮膚，但是瘦弱漂亮的女孩子。優雅地說一句，我胃疼。然後她的男友就一副無限溫柔要保護照顧她之類的那種樣子。我覺得我不是那種女孩子，只是氣著，胡吃一頓後鬧出了一場自作自受。Alex一早把我送回了家裡，叮囑我要按時吃藥，照顧好自己，然後簡單收拾一番就又上班去了。哎，大叔是個superman啊。突然我的心裡，非常心疼他，眼睛也是一直盯著他，只是不說話。他倒是先開口了「幹嘛這樣一副表情？我沒事的，晚上來陪你。乖，好好照顧自己。以後不許亂吃東西了。」「好吧。」然後他就走了。我已經一點也不生他的氣了，因為他就是這樣一個工作狂。今天是感恩節，十一月的第四個星期的星期四。多好的日子，我很喜歡的節日。給寒冷的冬天一些安靜並溫暖的能量，讓人感恩生命。簡單滿足帶來的快樂有時是無窮的。想到這裡，就忍不住打電話給媽媽，拉一點家常。然後給忙碌的大叔一條簡單的短信。一句謝謝你。他說謝謝什麼，我說謝謝你存在在我的世界，今天是感恩節。過一會他回過來一句感謝上帝把你帶到我的身邊，晚上我們一起吃感

恩節大餐。我打出好的，附帶一個笑得像花一樣的表情。

　　我在家裡看書，睡覺，吃東西，然後就等著天一點點暗下去，晚上到來。門鈴竟然比想像中響得要早。一開門，是親愛的Alex。他手裡捧著一個打包的大盒子，一瓶紅酒，一些蔬菜水果。我說這是什麼東西，這麼大一個。你猜呢？不會是蛋糕吧？他神祕地笑著搖頭。不是蛋糕啊。他把這些東西一併放到了廚房，卻擋住了我試圖拿起那個大盒子掂量掂量的手。我拿眼睛瞪他一眼。「摸摸看都不許，那怎麼猜的著呢。」「你一掂量就知道是啥玩意了，那有什麼好玩的。」「好吧，那我不猜了。」「這就不猜了。行，我做東西給你吃吧。不過不許偷看。」誰聽他的啊。趁Alex將袋子裡其他東西一樣樣拿出來的時候，我立馬就將那大盒子打開了——原來是一隻大火雞！對哦，感恩節是應該吃火雞的，這輩子我還沒有吃過火雞呢。我看著火雞嘿嘿地笑著，口水都快要流下來的樣子讓Alex無比得瑟。「哦，我知道了，你一定偷看了我的書桌上的檯曆了。」我在檯曆上今天的日子裡，畫了一隻大火雞。然後還寫了一句：I want you，並且還在旁邊畫了一張流著口水的嘴巴，Alex一定是看到了這個。「你說吧，你說吧，你是不是看到了我的檯曆。」我像一個孩子似的吵鬧著。「檯曆光明正大的放在那邊，不算偷看吧。」那倒也是，所以我不吱聲，只是開心地笑著。「A城哪裡有火雞啊。我在這裡七八年了，都不曉得哪裡還能賣火雞。」泰安路上的希爾頓酒店今晚有感恩大餐，我叫人去訂的。其實我也不知道A城哪裡有賣火雞。本來想帶你去的，不過你今天要多休息，少折騰。所以提前預定了一個，下班就送來了。我拿手勾住他的脖子，然

後在他的臉頰上親了一下。「你對我真好。」我貌似也突然間就無限溫柔像個小女人樣了。「這麼個火雞就把你收買了？真容易。」我哼哼了幾聲，直接在他的臉上擰一把就走開了。他叫一聲，然後又在那邊勤快地洗起菜來。

　　過一會，菜肴準備好了。其實非常簡單，簡直不能算大餐，因為Alex不准我吃很多東西，吃得又雜又多會增加腸胃的負擔。剛剛胃疼一場，確實要小心一點，不過我本來晚餐就吃得很少。雖然簡單，不過有我最愛的雞蛋布丁，順便說一句，Alex做的雞蛋布丁非常好吃。還有一份水果沙拉，一隻大火雞，哈哈哈，這才是重點。我們邊吃邊聊天，Alex本來想教我如何像西方人那樣極具涵養地食用火雞，可是我直接用手扒下一隻火雞腿就啃起來了。弄到最後，這個老師也直接用手了，完全失去了在外邊的紳士模樣。不過，我們很開心。

　　末了，Alex問我火雞好吃嗎。我搖搖頭，我吃過那麼多好吃的東西，火雞卻不能算作好吃吧。他哈哈哈大笑起來：「其實我也覺得不好吃。我以前在國外讀書的時候，感恩節，到當地的朋友家裡過節，吃火雞，每次都覺得火雞並不算好吃。」「那你為什麼還煞費苦心地買一個不好吃的東西給我吃呢？」「因為你沒有嘗試過，你好奇，你想吃。而且，我認為不好吃的東西，不一定到你那裡也不受歡迎啊。」「那倒是哦，不過還真是比較一般。」「多去嘗試一些新鮮的東西吧。你還年輕呢，給自己機會去發現生命中好多好多的新東西，不要去排斥。」「哪裡有排斥，本來就是熱情地活著呀，你就是喜歡講大道理。」「因為你是我的小魚兒，我希望你活得快樂，這一輩子都快樂。你想要的

東西，只要我做得到，我都會滿足你。」他說這個話的時候顯得溫柔又認真，我的心裡有一些感動。不過這世上許多事情，都要依靠自己吧。靠自己獲取，這爭取的過程本身也是一種獲得。不過，他能這樣說我的心裡還是無限溫暖。我將自己埋進到他的懷裡。這種幸福的感覺，以前，只有在李默然身上有過。以後，希望和Alex可以永遠這麼好，這麼幸福下去。即使這對我來說，有那麼點不真實，我都想要拼盡全力去保護好這段感情，我不要再分手了……

——To be continued

第十章

1.

　　平安夜，A城下起了雪，這個冬天的初雪。其實雪從早上就開始下了，下得很大。早上起來的時候，雪紛紛揚揚地下來。每到快要過年的時候，是我工作最清閒的時候。好在往去的時光裡也算忙碌了不少，否則的話，到了年終也會焦急這一年來的收穫不算多吧。不知道是從何時起，或許還是學生時代起學校灌輸的教育方式，或者成長環境中受了父母的影響，不知不覺就有了這樣的強迫症。強迫自己在一定的時間之後，必須收穫一些新的東西，有新的成長與進步，要不然，就會覺得萬般的難受。我想我沒有那種懂得享受生活的智慧吧。

　　A城的雪讓我在開著暖氣的家中好好享受著清閒，卻不能夠攔住Alex忙碌的腳步。他因為工作的關係，一早的飛機就飛去北京出差。聖誕其實又是個變相的情人節，每次這樣的時光他卻不在我的身邊，想來卻也不免有些失落和無奈。

　　我在家裡窩了一天之後，特別想要出去透透氣。我還真是沒有做宅女的那種潛質呢，我很少能夠一整天完完全全待在家裡不出去，即使沒有特別的事情，出去散散步也是好的。雖然耶誕節，街上人很多，成群結伴過節和一對對的戀人特別能夠烘托出一個人的我是多麼的寂寞跟孤單。可是，我倒也是願意放下我那

嫉妒的心意去感受一下節日的氣氛。社區門口的那家五星級飯店門口，佈置著一顆巨大的聖誕樹，掛滿彩燈，有聖誕老人發放著節日的禮物，給每　個客人。到處都是亮亮彩彩喜慶的裝飾，各種各樣的聖誕樹。不知從何時起，這個節日就這樣在中國肆無忌憚地流行起來。對有些人來說，甚至熱鬧過了傳統的春節。A城有來自四面八方的人，春節的時候或許都是要回家的吧，而耶誕節，則剛好可以和朋友們一起度過。街頭各色人群，大多數都很年輕，帶著紅色的聖誕帽，有些手裡拿著蘋果，帶有彩色包裝。平安夜吃蘋果，這是從讀大學那年開始流行起來的吧。想到多年前，也是平安夜，我和李默然開始時的那個夜晚的情形，想到此，也只剩嘴角淡淡一笑，原來這麼多年已經過去了。有時根本就不能想像，這麼多年過去之後，如果再次出現在彼此的生活中會是什麼模樣，世間所有的相遇都是久別重逢。那麼世間所有的擦肩而過是什麼呢？最心痛莫過於這樣一別也許這一生就這樣了絕了。曾經無法解脫地痛苦過，現在也是嘴角這一抹微笑了。有時候，最重要的是活著，有記憶地活著。一個人如果不願意重新開始，那是因為他的心裡住著一個不可能的人。我也有過那樣的時光，直到Alex出現，我知道他們兩個人是不一樣的。他們不能彼此取代，但卻是在我的世界裡，發揮了同樣的作用。多年後的某個冬天的夜晚跟Alex的相遇，也是聖誕臨近的日子。我們第一次遇見的時候。

　　我一個人走在街頭，馬路上人來人往。我沒有認識的人，腦海裡是屬於我的記憶片段。街上是熱鬧的，可是我的心裡卻很安靜。沒有情緒的那種安靜。有人從我的記憶中走過，我從來不會

說某個時刻，我是想念的。我絕不念舊，即使有人跟我告別，煽情地問我你會想我嗎？我也是冷靜地說，我不會。任由記憶拖曳著，也許會無法前進吧。即使我是會想念的，譬如這樣的街頭，這樣的情形裡，那些過往無端地冒出來，一一閃過，甚至忘了是如何結束的，怎麼就會結束了。時光過去了，看不到腳步，因為已經走得太遠了。

　　我的雪地靴踩到雪地裡，那些還沒有被踩踏過的潔淨的雪裡，留下了我的腳印。我喜歡踩在雪地裡時的那種吱吱嘎嘎聲。帽子，手套，圍巾，一樣不缺地戴著。不緊不慢走過好幾條街，看到教堂門口，許多的人排著長隊，繞著教堂門口的一個池子走路，完成某種我不懂的祈禱儀式。越來越多的人加入這個隊伍，有一些是出於好奇和無聊吧。有信徒在門口分發小冊子，虔誠的人們啊。還有一隊學生模樣的年輕人，經過教堂門口的時候，居然非常井然有序地停下，然後一起唱起歌來，是《鈴兒響叮噹》。唱完之後，都笑鬧起來，引來了路人的注意。飯店門口也全是排隊等候吃飯的人們。當然也有一些是像我這樣的獨行者，看不懂是快樂還是憂傷。

　　我在這樣的街頭漫無目的地晃蕩了兩個小時，終於我也覺得有些無聊起來。腳也有些酸痛。然後，我就沿著來時的路，一點點往回走，往家的方向走去。我想給Alex打電話，卻又不想打擾了他的工作，可是這種想念卻不能夠停。於是就把電話打到了家裡，打給媽媽聊一些家常。一直講了半個小時，直到快要走到家的時候，我將電話在衣服上擦一擦，擦掉那層打電話時留下的霧氣，放進口袋裡。然後抬起頭，看到社區門口那顆佈置著彩燈

的樹下，竟站著親愛的栗子小姐。戴著一頂紅色的帽子，穿著紅色的羽絨服，一個手搭在行李箱的桿子上，正衝著我笑著。我卻吃驚得說不出話來，這可惡的丫頭，竟然不聲不響地回來了。終於回來了，在寒冷的下著雪的平安夜。我在驚訝過後，又欣喜若狂地跑過去，一邊大叫著栗子，你終於回來了，然後又送上一個熊抱。「你這人太壞了，一聲不響的，來了居然也不提前說。」「好了好了，你就不要說我了，你看我一下飛機就來找你了。我都等你老半天了，凍死我了。」「走走走，真二，居然站這等著。」我接過她手中的行李，兩個人歡天喜地地回去了。

——To be continued

2.

　　我問栗子餓嗎？她說已經在機場吃過，因為實在餓了。於是我泡了杯咖啡，也不管晚上喝了是不是會睡不著覺，反正明天聖誕，我們不用上班可以睡懶覺。喝了咖啡，情緒也就興奮了。我當然會按捺不住問栗子西藏好不好玩啊，怎麼突然回來了。她說了很多，旅途中的各種見聞，遇到的各種人。最神奇的莫過於去布達拉宮的時候，明明是陰天，又即將下雨的樣子狂風大作。沒想到，等到從裡面出來的時候，已經是大好的晴天了。雖然只是自然規律的巧合，卻未免感歎這巧合也太神奇了。然後是說到了許多來自不同地方有著不同生活習慣背景的背包客，在一個懷有共同憧憬的地方交換著彼此的生活經歷。我忍不住打趣是否有不錯的豔遇，栗子小姐只是清淡地說一句沒有。「怎麼可能呢？」「不相信啦。」「好吧，有算有吧，不過我心裡是不喜歡的，所以沒有太過特別的感覺。」「嗯，明白。自己不喜歡的人，即使不討厭，好像對於人生的衝擊都不會太強烈。「西藏真是個美麗的地方。用美麗來形容可能都太過膚淺，潔淨的空氣，真正藍色的天，安靜的生活。」「你說到藍天，在A城生活，似乎連藍天都成了一種奢侈了，中國有許多地方，都沒有乾淨的藍藍白雲天。」「只是去西藏的遊客太多了，也愈加有了一種商業氣息

吧。」「這個是免不了的。」兩個人絮絮叨叨喝完一杯咖啡，栗子小姐看一眼手錶：「十點鐘，我們出去溜溜吧。」「這麼晚，去哪裡？」「教堂吧。」「真的？」「真的！」「那好吧！」反正我也從來沒有在平安夜去過教堂。

於是我們又再次換上裝備，兩個久別重逢的小瘋妞，再次踏入冰天雪地裡。此時的雪已經停了，不用撐傘。A城平安夜的夜生活似乎正熱鬧著，許多年輕人結伴在酒吧裡共度平安夜。這依然還是那波二十歲左右的人的慶祝方式，對於我們，似乎這樣的生活在漸漸遠去。患上初老症的我們，已經不習慣熬夜，通宵玩鬧了。即便是以前我也很少，只是大學那會，還和李默然在一起的時候比較多，那也是人生中精力最好的時光。

此時的教堂裡人已經不多了，唱詩和其他表演活動也都已經結束，做祈禱和禮拜的人們大多已經散場，這個時候的教堂才有了真正屬於它的安靜。栗子虔誠地跪在教堂中的墊子上，雙手合十，安靜做著禱告。印象當中，她是信奉佛教的。我跪在栗子的旁邊，許一些願望，願一切親朋安好，願上帝保佑李默然安好，願上帝保佑我跟Alex長久。我一直重複許下這些願望，心裡也是虔誠。此時我的心裡，不分佛祖，真主，或者基督。我只是希望，如果有那樣一個神存在，那樣一個人類的神存在，愛因斯坦口中的那個「old sport」存在，祈求他一定保佑我們。等我祈禱完了，我發現栗子依然安靜地跪在那邊。我站起來，坐在那長長的椅子上，環視著教堂，為著它的裝飾風格而出神。過一會，栗子起身來到我的身邊坐下。我問她「怎麼突然信奉起基督教，想起來還是去年，我們一起去的普陀吧。」「也沒有刻意說自己變

成了一個基督徒，只是心裡有時候需要有這樣一種慰藉，同樣的心願，或許也可以向佛祖祈佑。」她頓一會，繼續說道：「想到跟林碩去濟州島的時候，島上有一個藥泉寺。進到寺廟裡邊禮佛的時候，需將鞋子脫去，我進去了，可是他卻死活不願意進去，寧可留在外邊替我看鞋子。想起來有時他這個人有一點點迂腐，這個又跟他留學的經歷以及他這個人的個性太不符合了。他的理由是他是虔誠的中國佛教徒，不能拜信韓國的佛陀。我進去裡面看，裡面所展示的壁畫，告訴人們的佛理故事本就與中國想通。藥泉寺的殿內沒有蠟燭香火，那裡的人們喜歡用大米禮佛，並認為那是最為高貴的禮佛方式了。將心願寫在瓦片上，虔誠祈求，願望就可以實現。想想國內完全是另一番樣子，香燭旺盛，反倒是也弄得寺廟裡的空氣不大好。」我仔細地聽著，卻發現她說的話，沒有重點，扯得有些遠了。她自己似乎也發現了，繼續說道：「我只是發現自己內心能夠承載更多的東西了，包容更多。基督，或者是佛祖，那只是一個稱謂，人類自己想像出來的角色分配。其實對我而言，他們就是同一個神在不同人心中所扮演的同一個角色，存在的形式有所差異而已。」所有和林碩有關的事物，在栗子的口中訴說時，總是充滿色彩的。在這樣一個平安夜，我想著是否該告訴她林碩跟小野分手的事情，卻又躊躇或許由他來親自告訴她是不是更好呢，這樣也許更完滿一些吧。思來想去，卻還是忍不住告訴她了。栗子怔了一會，然後輕輕呼出一口氣。我們回去吧，她說。我一看手錶，已經快十二點多了。畢竟是寒冷的冬夜，這個時候的馬路上已經沒有什麼人了。

第二天等我醒來的時候已經十點，太陽曬進來。栗子準備好早餐放到桌上，土司麵包，牛奶已經冷掉。窗外的雪，開始一點點融化。可是栗子已經不見了，行李也不見了。一張小紙條留在桌上：我先回家去了。我將牛奶再熱一熱，就著麵包吃了一些。她是該回去見見她的林碩了。

——To be continued

3.

　　栗子回來了。Alex也回來了，不過回來見著我就說過兩天要跑到九江去出差，只是這一次是一個人。然後我就嘿嘿地笑著，問他是不是要帶個小秘什麼的。他說小秘就不必了，拎包的倒是可以來一個。然後我就興奮地說「我給你拎包吧。」「嗯，我考慮考慮。」Alex故作正經地說著，卻逃不過我犀利的眼神抓住了他臉上那抹掩飾得不怎麼好的狡黠笑意。他又拿眼睛瞄我一眼，見我認真又嬉笑著看他的表情，他笑得更明顯了一點。不過還是不甘心地要逗我一番，於是他故意將右手的虎口托住下巴，一個食指來回撥動幾下。「要不，你撒嬌來看看。」想起來，我在他地方似乎不怎麼要撒嬌。哎，果然男人還是喜歡愛撒嬌的女人，這到底是什麼心理。我回想了一下電視劇裡經常出現的橋段，然後將聲音調准到我能發出的嗲的極限：「哎呀皇上，您就帶上奴婢吧。」一邊還不忘肢體配合地往他身上撲。Alex一見這架勢，居然非常壞地直喊噁心，假裝一副要嘔吐的模樣。我還沒等他反應過來，就立馬拿起他的手，一口咬下去。直到他喊：「疼疼疼，好，帶你去帶你去！」「果然還是要來狠的。」不過沒一會，我就放下了惡狠狠的表情，換上一副垂涎的樣子：「那我們怎麼去呢？飛機？動車？還是自駕？」「你喜歡怎樣，隨你

吧。」「那我們開車吧。」「開車過去要7小時哦，你也要分擔開哦，不能讓我一個人開哦。」「好啦，好啦，一人一半好吧，真小氣。」「deal。」

陽曆一月份，差不多也是九江最冷的時候吧。這一路上，路過城市，鄉村，連綿的山，也有江河。冬天也許不是最美的季節，但是越靠近江西的方向，景色卻是愈發的好了。每次去一個新的地方，我總是會特別高興，無比興奮。小的時候，並不為此去過分在意，但是長大之後，就越來越明顯了。到最後終於知道，這才是我最喜歡的樣了，我就應該這樣活著，不知疲倦地感知這個世界的種種，去領略新鮮事物帶來的新奇感受。

這一路上，有時和Alex興奮地談論著各種事物，並指給他看我看到的好風景。我喜歡路上那山丘與山丘之間並不寬闊的一片片平地，被村莊裡的人們好好利用，種植著莊稼。每次路過這樣的田地時，我的腦袋裡就會幻想出一個茅草屋，就在這田地的邊上，最好再圍上一圈低低的籬笆，門口會有一隻小黃狗，籬笆裡邊要有菜，一顆顆的大白菜，大青菜。有時想得出神了，就一句話也不響地沉思起來。「你當時腦袋裡想的是什麼？」Alex後來問起我來，「在去九江的路上，怎麼就能那麼呆呆地出神地想著？」我卻好奇地反問他，「怎麼當時不問我呢？」「因為知道你的腦袋裡已經放起電影來，不想打擾你。而且，你安靜的就在我的身邊，這樣的感覺很好。」我笑一笑，然後把腦袋裡的場景告訴給他，他聽了之後，說想到之前讀過的一篇文章，是趙麗宏的《炊煙》。我哈哈大笑起來，這是我學生時代，最喜歡的一篇課文之一。然後又告訴他，更喜歡的其實是沈從文的《邊城》。

他告訴我十年前他就去過鳳凰，那時的鳳凰似乎還是翠翠的那個鳳凰。可是我卻寧可不曾去過鳳凰，因為我去過的鳳凰，已經不再是翠翠的那個鳳凰。如果我沒有去過，心裡大概永遠都可以按著沈從文筆下的那個鳳凰去想像，因為斷臂的維納斯最美麗。

我們住在九江裡湖對面的一家酒店。白天的時候，他去忙公務，我就拿著相機到處瞎晃，吃各種不熟悉的美食，我們在九江待了一個禮拜，大部分的時間都不能在一起。有一天晚上，他倒是陪著我一起吃飯。我告訴他我找到了一家非常好吃的炒米粉店，配著墨魚排骨煨湯，味道真是好到家，他也被我的描述勾引得饞涎欲滴。試過之後便說我是真的沒有騙他，要比他這幾日吃的商務大餐好太多了。吃完飯，我們手牽手繞著裡湖走了一大圈。晚飯後散步的九江人非常多，路上，樹上和江邊的景觀燈開得十分燦爛。湖裡也有遊船，就平常所見的那種鴨子船啦，需要用腳踩的那種。這樣冷的天，湖面上幾乎沒有人，可我卻特別想要試一試，所幸買票的地方依然開著，Alex就租了一條鴨子船，然後慢慢地在湖中遊蕩起來。天氣非常冷，我將帶出來的一條大圍巾鋪開，像一條小被子蓋在我們身上，稍微抵擋了一點點嚴寒。我總是在每天他忙完公事回來跟我在一起的時候，告訴他今天我去了什麼地方，見到了什麼。他因為工作的關係，來過幾次九江，所以對這裡，已經有了一定程度的熟悉。彼此交換，分享資訊的這種樂趣，讓我覺得細水長流般恬淡的滿足。我告訴他今天我去了長江邊上，我站的這一頭是江西九江，對面是湖南黃梅。對面的村落，房屋，山丘都是清晰可見。身處這種地方，我往往會有一種莫名的感覺。隔著一條江的距離，並不算遠的，以

此為界，就是兩地分割了。這樣近的距離，鄉方，民俗該是接近的，其實也算作一地呢，卻明明白白的兩地了。對面的阿妹或許嫁到了這裡，隔著這一條江，喊著一聲阿媽，對岸都能聽得到呢。江上，有老式的汽油船飄過，叭叭叭叭叭地響著就這樣開過去……我絮絮叨叨絮絮叨叨地描述著，Alex仔細安靜地聽著，沒有說什麼，好像帶著一點點笑意。他的身子卻慢慢湊過來，一個手托著我半邊臉，另一個手，拉住我的手。我依然可以用眼角的餘光看到湖邊的霓虹燈閃閃爍爍，安靜的湖中央，他輕輕慢慢地吻了我。

——To be continued

4.

　　一個禮拜之後，我們又回到A城。A城也冷得要命，我一個人裹一條大圍巾，坐在書桌前看在九江這一個禮拜所拍的照片。房間裡如果再配個暖爐什麼的可真是贊了。南方沒有暖氣，不過實在冷的日子，我也寧可去忍受開著空調的乾燥而免去凍得哆嗦的濕寒。冬日下著雨的午後，最好就這樣窩在家裡不要出去。捧著暖暖的咖啡，看一看書，或者一堆垃圾食品再配上不用動腦子的搞笑韓劇。這樣慵懶，腐敗生活的念頭卻為著一聲清脆的門鈴聲戛然而止。一邊尋思著這個點誰會來找，一邊走到門邊。開門一看，竟然是林碩。這樣突然，都不知為何而來。於是把他請進家裡，泡一杯咖啡給他。「早上在咖啡店遇到Alex，知道你們從九江回來了。」「是的，我去玩了幾天。」「怎麼樣？我之前去爬過三清山，不過離九江還是遠了點。」「不錯，每一個地方都是好地方。」林碩正說著的似乎都只是浮雲，他好像隱忍著，話講得很慢。「本來想先問一問你在不在家的，恰巧路過，就上來看看。」「你找我有事吧？」他點點頭。「是關於栗子嗎？」「是的，我們分手了。」這一句話猶如晴天霹靂，我吃驚得幾乎要從椅子上跳起來。看著林碩隱忍和痛苦的樣子，我想那不是一句玩笑話。「是她提出來的。」林碩把話講下去。「可是，為什

麼？她愛你呀。」「我比誰都知道她愛我，可是我不明白為什麼，為什麼是在這個時候，當我回頭的時候，她卻轉身離開了。她說她愛我，所以才要離開我，所以她个能跟我結婚……我有時，真的不知道你們女人到底在想什麼？為什麼說愛我，卻又要離開我呢？」「這是什麼時候的事情？」「就在她從西藏回來的第二天，我有多開心，她終於回來了。我想要好好珍惜她，從此守護她，可是卻沒有機會了。」林碩的情緒顯得有一點點激動，這和平常溫文爾雅的他太不一樣，我想是因為他內心實在苦惱吧，我們並沒有談論很長的時間。直到此刻，我想我才理解了他的唐突，是因為內心隱忍著許多的不解和苦惱急需得到慰藉。之所以會來找我是因為我是栗子最要好的朋友，然而，他也並沒有吐露很多。儘管神情是痛苦的，他依然保持著該有的優雅和鎮定，即便他的心裡該是多難受啊。我突然同情起他的境地來，甚至个忍再去責備他最終會失去栗子，是他咎由自取。送走林碩之後，我也不再有好心情去享受我的咖啡和韓劇了。此刻我關心的是栗子。思慮一番，卻又放下心來。栗子是一貫這樣的個性，她需要自己的空間去整理情緒，讓她一個人安安靜靜地去度過這些，等到她準備好要跟我訴說的時候，便會來告訴我的，我只要她的身後，等著就是了。

可是三天過去了，栗子那邊一點反應也沒有。我不免有一些著急，就打電話給她說要去他們醫院蹭飯吃，約好了中午在他們食堂門口見。他們十一點半吃飯，我準時在食堂門口等著，卻是先等來了師哥。師哥還是一如往常的隨和。問我是來找栗子的吧，並告訴我栗子剛才有一點忙，現在正在換衣服，一會就下來

了。我知道栗子他們上班的時候需要穿白大褂，但是中午吃飯的時候是一定要穿自己的衣服的。師哥要我一起進去先買菜，等栗子一塊吃飯。我說你來得正好，我念叨你們食堂的紅燒肉，要是去晚了，還真怕被搶光了呢。

　　等栗子過來的時候，我們已經買好菜了。她一來，我們就一起開動。期間並不談論特別的事情，往常一樣的聊天，只是問到我的九江之行如何。因為師哥在的緣故，我也不便要去詢問她關於跟林碩分手的事情。並且，是工作時間，也怕這些問題反倒是增添了她的煩惱和傷心。儘管是她提出來的分手，但是以我對她的瞭解，她心裡肯定是難過著的。飯後在醫院的小花園裡散步聊天。此時師哥已經回去辦公室，只剩下我和栗子倆人。「我就知道你是要來找我的，他去找你了吧？」我點點頭，卻也不問什麼。我不想刨根究底地去詢問她到底為什麼，我確定她這樣做一定有自己的理由。「本來想晚上過去你那裡的，反倒你先了一步來找我了。」「那就晚上來我家吧，我們吃火鍋怎麼樣，還有你喜歡的黑啤？」她笑著說好。作為一個吃貨，也是人生一大幸事，想到好吃的總是能兩眼放光地無限滿足。「嗯，我待會就去準備好食材，反正我最近悠閒得很。另外嘛，天氣預報說晚上會下雪，你下了班，先去家裡拿上換洗的衣服，今晚就睡我地方怎麼樣？」「那還不如你現在回家去拿了你要換洗的衣服，然後準備好食材，直接奔我家裡去。」她說著便從口袋裡掏出她家裡的鑰匙，「就這樣說定了，鑰匙拿去。」我接過鑰匙「好吧，那我先回去了。你先休息會，然後上班吧。」栗子把我送到門口，還不忘叮囑：「你別忘了餵一下我們家莓莓，看看她是不是餓

了。」「知道了知道了，莓莓她娘，你可真囉嗦，我不是替你照顧過一段時間嗎？你去西藏那會，我可是莓莓她娘。」道別的時候，找又轉身看了她一眼，臉是笑著的，卻分明也有隱忍著的憂傷，溫柔的雙眸，卻比以往更加堅強了一點，這是她在西藏汲取的能量嗎？

——To be continued

5.

　　拿著栗子家裡的鑰匙，我先到自己家裡去拿了要換洗的衣物。然後走路到附近的超級市場，選了一堆晚上吃火鍋用的食材，並不忘記帶上幾罐栗子喜歡的黑啤。背一個雙肩包，又提了一大堆吃的東西。走到栗子家裡，一開門，莓莓就喵嗚喵嗚地迎接著我，原先寄養在我家裡的時候也是這個樣子，一個阿狗和一個阿喵會同時來迎接。我想，這大概要算作養寵物最大的樂趣和安慰所在了吧，一進門，見著自己的愛寵，心裡都會柔軟一點。我將背包放下，將一大袋食材拎到廚房，然後蹲下來，跟莓莓玩一會。栗子給她穿上了一件厚實的超人裝。她總是很歡喜用背用頭來蹭我的小腿，彎曲著的小腿前面靠近膝蓋的部分。當你拿出一個手指來撫摸她的臉頰額頭時，她也會順勢蹭著。摸她的脖子，輕揉撫摸，這是她最愛的與主人親密接觸的方式。不過玩一會會她就不再理你了。阿喵可不像阿狗那麼粘人，阿喵更樂意活在自我的世界裡。正因為如此，相比之下，我更喜歡狗狗多一點，喜歡溫順的大狗，就像我的Peter。看一看貓碗裡的貓糧，還留著一些。栗子已經是個有經驗的好主人了，她不會餓著自己的萌寵。看一看貓砂，發現阿喵已經便便過了，於是我很主動的拿起鏟子，扮演起了鏟屎官的角色，就像她在我家寄養的那段日

子我每天替她清理便便一樣，對於照顧小貓，我也有了一點點經驗。處理掉阿喵的便便，我就對雙手進行了消毒清理，因為我要準備我們的晚餐了。冬天洗菜洗碗是有一點冷的。洗淨了食材，又拿出火鍋，將所有晚上需要用到的東西都擺放到桌上準備好，只等著栗子下班回來了，可以美美地兩個人吃上一頓。一看時間還有點早，便又開了電視機坐在沙發上一邊等著。突然好笑起自己最近的這段日子過得可像極了家庭主婦，此刻的我像是準備好了一切等著自己心愛的男人下班回家的女人。

然後就是栗子回家的門鈴聲，我學著日本家庭主婦的樣子雙手接過她的包包，又極具低聲下氣地說一聲您回來了。然後又遞了拖鞋。直搞到栗子大喊stop說受不了我這個樣子。

冬天在開著暖氣的房間裡，跟最好的朋友，不顧形象地胡吃海喝，也不擔心吃多了是不是要長胖，真乃一大樂事啊。黑啤的度數雖然不高，但喝多了亦會覺得微醺。麻煩的是，我們都是那種有一點點醉意便更渴望酒精飲料的人。栗子又拿出來藏著的紅酒，開了，兩人一杯接著一杯。吃火鍋喝紅酒貌似並不算作特別搭配和優雅的事情，可是才不管這些呢。酒喝得有一些醉了，可神志依然是清醒的。只是精神放鬆了，人也開始嗨起來。再然後，就是栗子一邊笑著，可是淚水卻不能自已的留下來了。這幾天，她應該非常壓抑吧。「你知道平安夜那天晚上，我在教堂許下什麼心願嗎？」「不知道，什麼？」「我祈求，上帝啊，讓錯誤的人從我的生命中離開，留出位置給那個對的人。我在心裡默念，很多次，這段時間，一直默念，從我在西藏的日子起，我在每一個向神靈祈求的地方默念，很多次。因

為這對我來說太難了。」一邊聽栗子說著，我想起了李默然剛離開我的那段日子。「明明心裡是渴望著的，多麼希望這個人能夠在我的生命中一直一直陪伴著我，可是他不是那個人，不是那個可以一直陪我到老的人。人最累的，是要跟自己作鬥爭。」「我知道他不愛我，如果換一種方式，也許他會愛上我，換一種遇見的方式。可是不行啊，人跟人之間，怎麼認識的就決定了這輩子他們只能是什麼樣的一種關係。我多想林碩是我隨意旅途中不經意間的結識。……」「正因為我愛他，所以才要離開他。我愛他，也要成全他，要他用自己喜歡的方式去活著，去愛自己真正愛的人。」「什麼是真正愛的人？他已經回頭了，難道再沒有可能嗎？」「我覺得太晚了，一顆心下定了，最難的就是做了這樣一個決定。不管我在外人面前多麼堅強，假裝多麼輕描淡寫，可是我知道，在你面前我不行，小木。太晚了，時間沒有給我們一個對的接口。」這話，我曾經也自己對自己說過，當李默然離開我的時候，時間沒有給我們一個對的接口。「我要放下他，放下這一切，我曾經想在西藏待著，再也不想回來。可是不行，這是逃避，並且，我需要回來面對我的父母，和他的父母。我們都不是小孩子了，這件事情越快結束越好，拖久了只會傷害更多的人。所以必須回來，由我來了結這一切。只有這樣，我們都才可能真的幸福。我知道，一開始，肯定會痛苦，可是人是會慢慢習慣的，時間是一副霸道的良藥，對於林碩，也是一樣。」說這些話的時候，栗子卻顯得冷靜，並不像一開始那麼多的淚水。這樣的話，在她的腦子裡一定反復多次了吧。不然，她怎麼可能，可以這樣平淡地說出這一些話來。真正懂愛的女子，也必須懂得愛

自己。「我想，也許你是對的吧。」可是我卻也跟著她哭起來，是因為我懂得嗎？不知是因為記憶中曾經相似的傷感，還是因為此刻堅強的栗子讓我感動到淚流。我不能訴說史多，只是一個大大的擁抱，希望走過這一路，前面是更寬廣的陽光大道在等待著我們。幸福啊，就在眼前，只要我們熬過這一段蹉跎。「等過了年，我們去長白山吧？冬天的那裡最美麗。」栗子突然這樣說起來，還有什麼比旅行更能治癒生活的創傷，當我們見識更多，更能看淡自己所經歷的那一些，其實非常渺小，簡直微不足道。「好的，趁冬天還沒結束，我們去看最美的長白山。」

To be continued

第十一章

1.

　　這一年在A城的最後一頓晚餐，是與Alex一起吃的。第二天，我就坐車回家去了。他則是做完最後的收尾工作，然後去北京。通常過年的時候，他的父母總是會從美國回來一起過年，這也是一年之中他與父母團聚的難得的機會。一年在外漂泊，儘管回家過年的時候總是因為個人問題尚未解決而免不了面對家裡的親戚們狂轟濫炸般地盤問。反倒是這個時候，父母倒多了一些體諒，母親這時倒能故作輕鬆地說這個事情總也是要隨緣分的。原本與栗子盤算著是不是就趁著這個年假一走了之去了長白山，可惜醫生的假期總是短一些，即使是大家還在休息的日子，她也會被安排到要去值班什麼的。儘管對於因為跟林碩分手的事情，不免家裡親朋的好奇關心問起總有一些想要逃避的心態，可是她卻說要將自己推到這些尷尬之處。結束這樣一場愛戀，也會像是忍受一場感冒的來襲，總也要經歷了喉嚨痛，發燒，流涕，咳嗽，然後再有一個健康的自己。所以，栗子選擇了這樣完整的過程。至於我，因為奶奶去世的時候，Alex出現在了親朋面前，所以他們也不免好奇要問起，可是我卻給不了讓他們滿意的答案，含糊其辭地敷衍過去了。這難得的假期，長年在外的人若是這樣的時光都不能給家人，也太自私了。

但Alex卻是提早回來了，正月初三的時候他就回到了A城，一開始以為是他工作忙碌的緣故，但想起來上一年可不是這樣的。即使工作忙碌，上一年甚至遲到了很久才回到A城來上班的，因為要跟父母和北京的朋友們多聚聚的關係。這一次怎麼就這樣早回來了，詢問他卻也說不上什麼原因來，只說是有些事情需要處理，我也沒有太在意，就不問了。大半夜，莫名其妙說想念我，問他要不要來我們地方玩，弄了半天又說不來了，還是在A城等著我回去。Alex什麼時候成了這樣細碎的男人哦，真是的，還是我原本沒有發現呢。

　　年假很快就過去了，我提前一天回到了A城。見到Alex的時候，他坐在我們常去的那家咖啡店，我們第一次喝咖啡的地方，還是那個位置，視窗邊，陽光能夠灑進去。因為還沒有正式上班，他穿得很休閒，天氣不算太冷，他穿了一件輕薄的黑色羽絨服，認真地看著手機上的新聞。我慢慢走過去，看著他，越來越近，半個月沒有見而已，好像等待了很久。心裡一點一點，好像一朵花慢慢開起來。我走到玻璃窗前，我的身影蓋過那道照射進去的光線，大概在他身邊的那道玻璃上一閃，他抬起頭來看我，認真疑惑的，然後笑一笑。我對他招招手。南方有陽光的，還算冷的初春，他的笑容勝過陽光。我想不管不顧周圍人的注目，只想擁抱他，親吻他的臉頰。我從大門進去，他依舊站立在那裡，迎接我，等我走到他的身邊，然後擁抱我，在我的額頭輕輕一吻。原來我們之前雖然因為各自忙碌不見，但知道彼此都在同一座城池，彷彿距離並不遙遠，如果明確知道身處異地，那種空間上的距離感會讓人思念過甚。大概這就是小別勝新歡吧，儘管兩

個人在一起，並沒有具體的事情可以做。想要講的話也在每天的電話，資訊中有過足夠溝通，但卻還是喜歡甚至可以定義為無聊地膩在一起。我越來越依賴他，喜歡粘著他。看他在廚房裡泡咖啡都要一個手牽住他，見到他切菜的時候都要從背後抱著他，或者，硬是伸長著手去勾住他的脖子。每當這個時候他總是說你快把我勒死了，哎呀，就不能放開嘛。我死活不肯，故意粘著他，喜歡他明明喜歡我這樣粘著他，卻故意嫌我煩的樣子。

我不知道我怎麼就變成這副德性了，是因為年紀一點點大了的關係嗎？心態也老了嗎？才會對他有這樣的依賴，心裡煩了要去告訴他，委屈了要告訴他，寂寞的時候想要他的擁抱和陪伴。回憶很多，將近兩年的時間，儘管我們各自忙碌著，但是回憶卻很多很多，多半都是美好的。他對我的種種體貼，他感冒的時候不許我親他，但是我感冒的時候他卻總是不管不顧地要來親我，並且信誓旦旦地說身體好得要命，絕不會被我傳染。生病的時候帶我去看醫生，在醫院裡坐一夜只因為擔心我，想要陪著我。在路上走的時候總是牽著我，讓我走在安全的那一邊，吃飯的時候總是點我喜歡的食物……我所要的一切，只要是在他的能力範圍之內，他都滿足我。我知道這一切儘管看似微小，可是他一如既往堅持著，他從來沒有抱怨過我，即使有些事情我做得離譜，他都沒有說過我。只是有一次很凶很凶地發脾氣，那也是因為我們大吵了一架之後，我關機鬧失蹤，他在家門口等到我凌晨，他差點要報警，是因為他太擔心了，怕我出事……他沒有為我做過什麼特別浪漫的事情，他從來沒有送過我玫瑰花，可是這所有的一切，回想起來，都讓我那麼感動和珍惜。

為什麼，當我問他為什麼會是我，對我這樣好，他卻也說不上來什麼。除了沒有玫瑰花，鑽戒，結婚，這所有的一切，都像是理想中的幸福。我曾經不止一次地懷疑自己這一生到底還會不會結婚，需不需要婚姻。我以為人活著其實非常渺小，個人經不經歷這一切都不會改變什麼。我活著，只是想要多見識這個世界，我沒有想過一定要落入俗套的結婚，生子，然後老去。是的，有些人，大部分的人確實那樣活著，可是就要那樣的人那樣活好了，我可以有別樣的人生。直到後來，我才明白，原來結婚或者不結婚那不是一廂情願的決定，那不是一個點上能決定的事情，這一切，都是上天的安排，如果際遇如此，命運如此，或許這就是最好的安排。那麼，就讓一切隨緣吧。

——To be continued

2.

　　栗子從跟林碩分手之後也積極加入到健身房和瑜伽館的運動中來。天氣還冷，相約一起去練高溫瑜伽。每逢佳節胖三斤的煩惱，困擾著這個世上大部分的女孩子們。拿了運動服裝和洗浴用品，下班後，包一背就去了瑜伽館。很久沒有忙碌工作，突然忙碌一天，就不太習慣了，甚至可以說是有點煩躁。天氣很冷，年後的春天突然要比年前的寒冬更冷幾分。因為快要遲到的關係，我在馬路上大步邁開，背上甚至開始冒汗，可還是遲到了。在更衣室換了衣服，倒也慢悠悠起來，反正是遲到了的。去教室的時候，見栗子已經非常認真地在跟著老師練習了，見我進去，對著我一笑，算是招呼了。今天的高溫流瑜伽，老師的速度可真夠快的。待在這個教室裡，即使不運動也會出一身汗的。何況老師領著我們一刻不停地運動著。我因為遲到錯過了最初的呼吸進入階段，一開始不免覺得快速運動的不能適應，甚至因為速度過快的關係，有點呼吸急促。但是一段時間之後，也就慢慢適應了，好歹我也算是個堅持一直運動的人，否則這樣的強度是受不了的。大概50分鐘之後，進入休息式，然後就喚醒身體，洗一個熱水澡，一整天的煩躁感就這樣拋開了，換得一身輕鬆。這就是運動最大的好處。運動完了在休息間裡喝一些熱水，盛一晚小米

粥。我的身體狀態是練完瑜伽之後，總是會沒有什麼胃口，可是如果不吃的話，到睡覺的時候就餓得不行了。和栗子兩個人坐在沙發上，一人手裡捧一碗粥，有一搭沒一搭的聊天。她的狀態比之前好許多，說起來，似乎是在強撐著將這一段時間熬過去，將自己的時間填滿，該工作工作，該吃飯吃飯，該運動運動，一刻都不得空出來。然後忽略不計是不是在不眠的深夜裡，或者聽到某一首傷感的情歌時又嗚嗚咽咽地哭起來。哭完之後又告訴自己Tomorrow is another day，然後又像是沒心沒肺地和我聊起來種種種種。我又好笑地講起自己曾經是如何面對這種情況，除了跟栗子差不多的狀態之外，我還有一個獨門秘方是看一些所謂的那些解釋愛情現象的書籍，非纏綿的小說。有時是一些近乎理論的東西，比如佛教中的成駐壞空，沒有什麼是不能消磨的，萬事萬物都經歷這一個過程。慢慢，居然積累了扎實的理論知識。可是，愛情哪有什麼知識可言呢，最美妙的是沒有經驗，最刺激的是自己本身可以沒有顧忌，只享受那一個過程就好。如果有了設防的心裡，如果有了害怕受傷的陰影，所有的一切都不是乾脆，那就不好玩了。

一直聊到快要閉館，若再不離開就成了老闆白眼的對象時，我們各自離開回家去了。臨別時說一些例如加油之類的話，將對方的正能量指數充到爆滿。女人之間，這樣的鼓勵是對彼此最好的饋贈。

可是漫漫長夜，總有一些痛楚只有自己可以承擔。我因為運動和白天喝了咖啡的關係，接下來直到凌晨三點的時光都還很清醒。然後迷迷糊糊睡去，夢見李默然，夢中的他，沒有以前秀

氣。印象之中的蘇里南,永遠都是夏天,他曬得黝黑的皮膚,比以前健碩,多了幾分粗獷之氣。不再抱著吉他,也沒有陽光照射進來的書桌前的他。我已經記不清夢中的他究竟在幹什麼,只有他帶著笑意的流淌著汗水的臉頰,熱得要命的樣子,好像有一點點老了。醒來的時候是六點半,突然就這樣哭開了,為著我們失去的一切,我們失去的時光,不可往復的好時光。時間還早,卻怎麼也睡不著了。這個寒冷的春天,又不停地下起雨來。吃好早飯,收拾好了,還是太早。隨意拿了一本書來翻看,好像只有這樣,才能沖淡夢中太過落寞的情緒。然後,看看時間差不多,就去上班。

　　一大早處理完一些雜事,就一個部門早會,很簡短,是老大告訴我們即將離職。這一消息,有點爆炸。說到我們公司,他也有一小半股份,為什麼要離開?太突然了,我以為在我離職之前,他都不會離開這裡。會後,他要我去他的辦公室談話。見我一副茫然而疑惑的樣子,他看著我笑一笑,然後嘆一口氣。「要咖啡嗎?今天我幫你磨啊。」「不要,怎麼突然要走了?我還以為你永遠不會離開這裡。」「小木,天下無不散之筵席。」我呼出一口氣,「是啊,可是總有什麼原因吧。」「其實,沒有很特別的原因。你知道,我在國外生活很多年,我有生以來一半的時光是在外面度過的。原本帶著一腔熱血,一些美好的想法回到這裡創業,這些年的經歷告訴我,夢想和現實根本就是兩回事。或者,只能實現部分吧。」「然後呢,發現現實根本不是那麼回事,要退出?」我發現我跟他講話全然不像是對自己的頂頭上司講話,並不因為他即將離職,一直就是這個樣子。好在他也習慣

並能夠喜歡這種方式。「嗯，算是吧。是否要像這個公司的大部分人一樣笑話我是個天真而沒有擔當的男人？」「你覺得呢？每個人都有他自己的活法，做出這個決定，總有你的理由。」「你想得似乎有些嚴重了，其實我卻看得很淡。對我來說只是盡興，想做一件事情就去做，執著可以，熱情也可以，但同時卻也知道，那不能永恆，對於自己，只是一椿心願的了卻，總有一天會消亡。」「怎麼說得這麼慘澹，怪嚇人的呀。」「我知道你懂的。」「好吧。」「好吧，我下個月就走，有興趣管理這個部門嗎？你可以考慮一下，我原本打算直接舉薦你的，但是，我也想聽聽你自己的意思，以我對你的瞭解，你也似乎更看重內心真實的感受。」「謝謝你，老大，其實每一次當我覺得累的時候，厭倦的時候，我都問自己，當時為什麼要選擇做這份工作，那一定是帶著某種讓人興奮的願景的。其實說來也簡單，只是想做一個出色的設計師，我並沒有考慮太多。」「你似乎並沒有給我答案啊，沒關係，好好考慮一下吧。對於多數人，這是個難得的好機會，但是對於你，我更願意告訴你我自己的感受。」「什麼？」「名利權情，沒有一樣是不累的。」

——To be continued

3.

　　老大留給我的問題，我一直考慮了半個月，都沒有一個結果。換做別的人，不知道是不是會高興地迎面而上。可是對於我，我在乎的並不是這些東西，我一直都想做好自己的事情就可以了，但是如果我不去坐這個位置，換做部門裡面其他任何一個人，我卻又不能屈居於下。於是，在老大等得不耐煩了再次找我談話的時候，我就坦誠地將這個問題說了出來。「坦白說，如果你走了，我都覺得在這裡工作少了很大一部分意義，感覺十分無聊呢。」「我能說我聽著挺高興的嗎？哈哈」沒想到這二貨居然笑開了，他本來就是個沒有架子的人，尤其最近決定要走了之後，更是愈發的二了。「難道不是嗎？我曾經聽到有個人跟我說，離開一個公司，往往是因為那個公司沒有值得留戀的人。而這個值得留戀的人，往往就是像自己老師一樣的人，不僅僅是指導工作技能，有的時候更是教導為人處世的道理，好的道德品性。如果你走了，對我來說，這個人就沒了，這難道不是一種可惜？」「那就自己做吧，憑著這幾年我教你的一些東西，好好地做，說到底，我還是這個公司的老闆之一，沒有真正遠離這裡。如果你能夠帶領我們的團隊，取得更大的進步，我想這是我樂於見到的。」然後這個事情就這樣決定了。

半個月之後，老大離開A城去美國。我有時真的非常羨慕他的生活，單身有點微老的男人，鑽石王老五。原本以為他這些年遊戲花叢，也該得意身邊總是一群女人圍繞。但是他走之前，卻告訴我，他卻羨慕我的生活，他已經厭倦了之前的生活，他也想要一個也只要一個真心相對的女人，一個足矣。有時想想，這個世界何其不公啊，資源的分配是多麼不均勻，憑什麼有些男人生來就能擁有那麼多的財富，美貌，然後是好的教育資源造就的優異的人生履歷，接著就是一大堆的女人，如果女人也可以算作一種資源的話。更可惡的是，他還居然對這一切，對大部分男人眼中所渴望得到的一切不屑一顧。換一種角度來講，有時是因為擁有了才不貪婪了。匱乏造就了變態的貪欲，就像貪官，往往多是出身貧寒，等到有能力獲取財富的時候，就失去了節制，對金錢的渴望達到了變態的囤積。這樣一個人，一趟飛機飛去美國，或許連他自己都不知道要去做些什麼，多灑脫。

　　Alex那個工作狂就不能如此了。只是我晉升的那天，特意定了好的飯店給我慶祝，就像祝賀一個小朋友考了一個很好的成績一樣，我卻是興趣索然。他看出我的平淡，知道我並不歡喜去擔負更多的責任，只是想做好自己。可作為管理者，往往要起到指導別人的作用，有管理的義務。我卻並沒有控制別人的欲望。Alex就說啊，人都是怕死的，可是那些活著而怕死的人終究並不知道死是怎麼樣一回事。因為沒有經歷過的事情怎麼知道呢？既然不知道那為什麼要去怕呢？想一想似乎也有點道理。「儘管你對於領導這個部門有理論上的知悉，可到真正操作起來那就是另一回事情了，或許你會從中發現一些意想不到的樂趣呢？」他的

安慰不是沒有道理，所以，那就暫時拋開這一切，好好吃一頓
晚餐。

　　我有時並不能明白自己為什麼會愛上一個工作狂。因為經歷
過一些事情之後，尤其是隨著年紀的增長，我越來越不想變成一
個工作狂了。生活是豐富多彩的，不只是工作而已，工作只是一
部分。可是為什麼會愛Alex呢？想到後來，居然沒有太過明確的
結論，除了欣賞他戴著一圈事業的光環，更要緊的，可能是因為
喜歡他專注認真的樣子。但最最要緊的也不是這個，而是遇見，
上天的安排。沒有的挑的，或者說我又憑什麼可以去挑剔他呢，
相處的時間久了，總是能發現彼此身上比較不能接受甚至厭惡的
東西，但都是儘量說服自己要去接受。因為遇見了，因為這是上
天的旨意。他或者我最終變成這樣一副樣子，都是上天的意思。
都不能用自己的標準去評判他。

　　時間總是過得那樣快，一轉眼，公園裡的玉蘭花最先盛開
了，沒有葉子，白花花一片，甚至天氣還冷著的時候就開了。太
陽下開得很燦爛，陰天的時候，覺得氣候是冷的，白花花一片，
不是雪，因為暗香浮動。下雨的時候，大朵大朵大串大串的花上
掛滿了水珠，葉子也隨著風啊雨地落下來，雨花慢慢飄。晚上健
身房裡出來的時候，馬路邊也是這樣一棵玉蘭花，沒有葉子。呆
呆地望著好一會，嘈雜的馬路上突然覺得很安靜，蒼茫夜色中，
孤傲而聖潔，當然也是寂寞的。心裡有一點點想哭的衝動，可是
沒有哭，然後就走開了。時間的無涯中，人類是渺小的。如此想
來，覺得一切都可以重視，卻也可以不重視。所有當下努力執著
著的到最後都會是一場空，所以不必太過在意了這些終將逝去的

東西。所有走入過生命的人，最後也都會離開，連同記憶都消失。但至少，在記憶的載體尚存於世時，多一些可以值得記憶的記憶吧。

這樣一點點想著，終於可以說服自己去填補老大離開之後的空缺，只要問心無愧的做好一些事情，別的都不必多慮。然後回家洗一個熱水澡，決定從此開始正常上班族的生活，放棄自由，也不再日夜顛倒。如此一來，恐怕與Alex見面的時間會更加的少一些吧。

— To be continued

4.

　　不知是否因為作息調整以及壓力過大，自從因為上次猛吃三文魚導致急性腸胃炎以來，似乎腸胃功能都不算太理想。我再一次因為不知道吃了什麼東西而腸胃炎發作，整個人都沒有力氣，因為吃的東西不能很好的消化，而身體的消耗是不能停止的。我不得不在上了半天班之後，請了假去看醫生，好在這一次沒有上次那麼嚴重，不需要打點滴，只是配了一些中藥。良藥苦口，總是希望吃下去能是趕快好了的。醫生看到一半的時候，Alex趕了過來，其實他不必擔心，醫院裡有栗子和師哥，他有什麼好擔心的呢。現抓的中藥，熬製成方便的袋裝需要等一個小時，要他先回去了，他並不同意，可是無奈打他電話的人不斷，他不得不回去一下，打算等過一會再來接我。我趁空休息一會，坐著同栗子聊天。等到一個多小時過去，我取了熬制好的藥想要回家。走到醫院門口卻見到一個騎電瓶車的男子將一個騎著三輪車撿垃圾的老頭撞倒在地，我看到的那一幕是老人坐在地上他的三輪車旁，車子的前輪已經壓扁變形。騎電瓶車的男子拿出幾張錢，放到他的身旁就騎車揚長而去，而且是在醫院的門口。路過的行人紛紛指責那開車遠去的男子，慢慢地圍過來幾個人。我正想走過去將倒在地上的老人扶起，這時卻見到Alex出現在人群中，將坐在地

上的老人扶起來，並問他要不要緊，正欲將老人送進醫院去。可是老人卻固執地說沒事，便推著已經變形了的三輪車要走掉，勉強不得。時間還有一點早，Alex把我送到辦公室，公司裡倒也並不因為我的離開，忙碌很多，畢竟每個人都能按要求去完成自己的事情。

走到辦公室裡，這個曾經是我們老大的辦公室。小雯走進來，將一封信遞交過來。「這是要走了嗎？」她點點頭，「怎麼了，是什麼樣的原因？」「不再覺得那麼快樂吧，不管是精神上還是物質上。」「我很抱歉，讓你有這樣的感覺。」「不，雖然跟你還不怎麼熟，但是我並不討厭你。」這孩子講話還真是直接，可是我喜歡這樣的孩子。「是啊，我原來都不怎麼在辦公室裡待著。」「所以我不討厭你，甚至還有點喜歡你。」我笑了，被人喜歡總是不錯的感覺。「那麼，有什麼計畫嗎？」「也沒有什麼計畫吧，可能會出去玩一段時間。」「嗯，等回來了呢？」我知道，小雯是本地的孩子，不出意外，總是會回來的吧。人生啊，兜兜轉轉，大部分的人只是在這個屬於自己的圈子裡轉，即使出格那麼一小段時間，也總還是會回來的。「我不知道，我覺得厭倦了，厭倦了這種生活，我不想每天在唉聲歎氣中開始，又在唉聲歎氣中結束。我的生活怎麼會是這種樣子？我活得不再像我自己。」我甚至能夠深深地理解她的感受，誰的生活又不是這樣呢？連同我自己的。「如果只是因為厭倦，那麼先出去散散心吧。」「我的生活，我的作品不再有靈氣了。」「你的作品一直都有生活的氣息，也有你自己的風格。」我盡量找著一些妥帖的話來安慰這個孩子，就像安慰我自己的設計一樣。當然，我想我

說的是實話，我確實非常欣賞她的靈感。所謂每個人都要將自己擺放在正確的位置，如此安置，在一個旁觀者認為正確的安置，可是有時往往自己是並不知道的。她低著頭，似乎心有不捨。「那麼，先出去玩一會吧，將這封信收回去，公司給你放大假，把你的靈感找回來。」她有些猶豫，我將那封信拿起來塞到她的手中，「如果到時候，你要走，依然可以走，我會尊重你的意思，好嗎？」她點點頭，「三個月好嗎？」「可以，你去寫申請吧。」然後她就出去了。可是我的心裡卻有些暗淡，為著我不再擁有的天真和衝動，我再也沒有說走就走的勇氣……

晚上的時候，Alex詢問我的腸胃炎是否好轉，我又將這個事情拿出來說給他聽。「你覺得厭倦嗎？厭倦生活？」「當然，有時候，當然會有這種感覺，不止厭倦，還很煩悶，煩悶我為什麼是如此生活的？」「那答案呢，為什麼你只能以這樣一種方式活著。」「因為不管以哪種方式生活，時間久了總是會厭倦的，如果單憑新鮮感而存活，那麼有好多事情就做不成了。有很多很多的事情，必須經歷過許多不想，不願意，之後才能實現自己想要的結果。」「紛紛萬道，為什麼不能直道而行？」「你怎麼會有那麼多的為什麼？」「堅持是因為責任，道義，承諾，為了對別人的承諾，也為了別人對我的承諾。但是也會有許多的樂趣。」「太辛苦了，太辛苦了……」我耷拉著重複說著這幾句話，「那你就早點睡覺吧。」「為什麼我有時覺得你那麼好那麼愛我，有時卻覺得你那麼壞，那麼不愛我？」「那是你覺得，可是我一直都是很愛你的。至於好不好，那該由你來評判，或者有時我已經用了我認為對你好的方式來對你好，你卻並不感覺到好呢。」

「哦，好吧，那為什麼有時我們要吵架，有時卻那麼好呢？」
「你還有完沒完了？我們吵架大部分都是因為你心情不好，我從來都沒有挑起過爭端吧？」「那是因為你讓我不爽？」「我讓你不爽了嗎？向來都是你不高興了就覺得我讓你不爽。」「那我有生活的煩惱，不衝著你發洩，衝著誰去？」「你就當我是軟柿子捏，承認了吧。」「得了你，睡你的覺去，我要安睡了。」

——To be continued

5.

　　最近可真是忙得焦頭爛額，原本老大走之前建議我放下手上的那一塊設計工作，把精力放到管理上，可是我偏偏不願意，我以為我真正喜歡的是設計房子，而並不是管理。可是一旦坐到了這個位置上，要去推脫開不願意的事情是不可以的。就連工作狂Alex也看不下去了。我有時是無暇顧及他的感受的，好在他一向都是理解，我們只是儘量去湊時間，有更多在一起的時光。栗子最近也很忙碌，她又重新回學校去讀碩士，至於醫院裡的工作，也得以保留。我想這除了栗子本身的優秀之外，與師哥的極力幫忙是分不開的。栗子和林碩分手了，師哥該是最開心的人了吧，可是見了他，也並沒有那樣的意外之喜，畢竟他不是幼稚的小男生了。35歲，已經是成熟的男人。在他這個年紀，大部分的中國男人在做什麼呢？養家，並且早已是一個孩子甚至兩個孩子的父親。生孩子對於男人來說是簡單的事情，可是對於女人來說就大大不同了。

　　我在一個週末的休息天下午坐在樓下的公園裡發呆看到那些帶著小朋友出來玩的母親時，天吶，我覺得那是多麼無趣的人生。我一點都不喜歡小孩子，他們又吵又不聽話，而且破壞力極強。我在那一刻靈魂出竅中想像與Alex多年之後的樣子，是不是

我也領著孩子在公園裡玩，而他卻不知跑到了哪個角落啊，我不能想像那居然也可以叫做幸福。對於女人來說，這根本就是一種禁錮啊。我在那一剎那恐慌萬分，這可不是我想要的生活。可是大部分結婚的女人，當她們即使後悔時又還剩下什麼辦法呢，已經不再有跳出圈圈的能力了。或者，當一個女人變成一個母親的時候，她已經徹徹底底地改變了吧。曾經跟一個學姐聊起她的婚姻生活，她是一個外貿業務員。結婚前需要經常出國參展，拜訪客戶，她一直都很喜歡那份工作。我非常喜歡這位學姐。可是很多年之後，當我再次見到她時，她已經是一個孩子的母親，儘管還是要出去跑，可是她已經完全不在之前的那個狀態了。說到坐十幾個小時飛機去國外，那是非常疲憊的事情。離開家多幾日，心裡會惦記家裡的孩子和老公。女人啊，徹底失去了原來的灑脫跟自由，這是我最不願意的事情了。可是，話又說回來，不到那一個份上，是無法想像那樣的生活的。或許一個孩子，有著奇跡般的能力。哎，女人啊女人，得足夠的昏頭昏腦，否則是不會結婚的。最關鍵，還是那個能讓她昏頭的人出現。我在午後的公園裡曬著太陽等Alex來，可是卻等來了林碩。

我騎著小朋友乘坐的小木馬上，看著他一點點走近，然後有些驚訝地問怎麼過來了。他笑一笑說是要離開A城。我說要去哪裡呢？搞得來好像又要很久不見的樣子。他說或許吧，可能要有很長一段時間不再見到，要去西藏。怎麼又是西藏呢？這個地方雖然我也一直想去，但終究都是沒有去成。這個地方是世外桃源呢還是療養勝地，栗子去了西藏，她愛過的男人也要去，或者說，這個愛她的男人也要去。怎麼想到要去那裡，我還是好奇地

問了。「因為栗子嗎？」「一部分原因是因為她吧，她引領我去那裡。我一直都知道她忍受著巨大的精神折磨，我是說我們在一起的那段時間，自從她知道我在外面有了別的女人之後。我不知道她的這一場旅途到底給了她多大的精神力量跟勇氣，她那麼急切地想要擺脫掉她的過去，恰恰在我發現自己原來深愛著她的時候。我一直覺得被我父親的意志左右太久。我從小就沒有母親，父親永遠都是那麼威嚴，不可侵犯。可是人都是有自己的意志的，壓抑久了，自然會需要釋放。就像一個孩子必須經歷叛逆期之後才有更健康的成長。對我來說，我從未經歷過那樣的時光，可是現在卻必須釋放自己，要不然，我這一輩子會永遠為著我父親的意志而活。我想去西藏，我已經暫時辭掉了父親公司裡的職務，我也想知道，到底是什麼改變了栗子。」

他大概說了這些話之後就走了，我看著他的背影，他不再西裝革履，已然一副將要遠走的裝扮。他的精神狀態是好的，比原先好。我不能去評判他做這樣一個決定到底是對是錯，因為人生的態度沒有對錯可言。

天氣已經一點點熱起來，夜幕一點點降臨時，我還在樓下的小花園裡等，等我的男人Alex，甚至忘記了要去做飯。水池裡的青蛙已經呱呱地叫起來，春天已經來到，可是我辦公桌上的那盆綠蘿好像還在經歷著嚴冬似的不肯茂盛地長開來？是因為它的主人沒有將它放在對的地方嗎？還是因為它主人那倦怠和不合時宜的心態影響了它的情緒。很多人都說，植物是有情緒的，難道是我有點落寞的情緒影響到了它的生長？我有時覺得我真的沒有那種快樂的能力。Alex終究還是來了，直到等待著他的我身上都

蒙上了一層薄霧。「幹嘛坐在這裡不回家，這裡濕氣那麼大。」「沒有什麼，只是想等你回來，吃飯。」「那飯做好了嗎？」「沒有，等著你回來做呢。」「可是我沒有買菜啊。」「那我們去附近的超市買吧。」「Alex，你有沒有吃過一種甜粥？用水果做的，各種不同的水果。」「沒有誒，好像是吃過西瓜羹，可是我不知道是不是你說的那種。」「應該是差不多的做法，不過食材不一樣吧，要不我們試試看，我很想吃誒？」「好吧，那去買水果吧，你來做。」然後我們一起去超市。選了蘋果，香蕉還有甜橙。回家後我做了一小鍋粥，我很滿足地吃了兩小碗，可是大叔看著糊糊一樣的水果粥為難萬分，勉強吃了小半碗。「你覺得好吃嗎？」我問，「不好吃，好奇怪啊。我能不吃嗎？」「可以吧，如果實在不想吃的話。」「那我倒掉咯？」Alex害怕地看著我，深怕我發作。「好吧。」我無奈地說「這樣你會餓誒。」「我可以吃泡面，泡面就可以。」天呢，居然寧願選擇泡面，不過也不能怪罪。一個晚上，就這樣過去。

——To be continued

第十二章

1.

　　三天之後，林碩離開A城去西藏，並且不知歸期何時。栗子心裡多少會有些落寞吧，不過她已經將自己埋進學校的圖書館裡，過著非常簡單的生活。簡單生活，有時讓我們內心安靜，滿懷欲求才不能好好生活。書籍，論文，實驗，研討會，看似無聊，卻給了她一份安寧。當然，林碩走之前一定去找過她了。栗子說，林碩其實是一個真正的木型人，只有隨著自己的意志生長，才能活得最好。小木，你也是，張默然也是。張默然是個多麼遙遠的人啊，在遙遠的地方，我也希望他好好地活著。師哥有的時候會到學校裡去看栗子，一起在食堂裡吃飯什麼的，看上去，慢慢或許是一對情侶的樣子了，這樣也好。

　　我依然圍在我的工作裡不能解脫。有一天夜裡發瘋又像大四那年關注國外大學的一些課程——斯德哥爾摩，遙遠而美麗的城市，我的心裡有一絲悸動。看了一下招生要求，大概也都能達到。或許我該申請看看，一直都想出去走走看看。這樣的遊學方式，也一度是我的夢想。只是不知道最後怎麼就被牽絆在了A城。申請看看吧，心裡對自己這樣說著，可是我跟Alex怎麼辦呢？心中猶豫，想來想去又是一夜未眠。

　　忙碌一天之後，很累但是卻清醒。Alex去上海出差，三天。

一個人空落落的，洗完澡坐在書桌前看著一杯白開水發呆，手機微信提示收到一條訊息，居然是很久沒有聯繫的妮子。「我在平湖開了一間咖啡店，過來看看我吧。」狂暈倒，不是辭職去上海學習瑜伽教練課程說回到平湖要當教練的嗎？怎麼又開起咖啡店來。心裡疑惑著，但是我也沒有將這些疑問一股腦兒拋出去，人過去，當面問問就知道了的。「好，週末過去。」一隻笑臉發過來，什麼也沒有了，真是個神奇的人。其實像我們這樣的公司，週末往往是很忙碌的，好在我自己手頭上的單子，我都能提前安排妥當，那麼至於部門裡面其他的事情，只好提前督促著做好。即使週末打電話過來，掃了我休息天的興致，也是沒有辦法了的。上一次也是在這樣的時節，兩年以前，一個人跑到平湖去會妮子。總是這樣被叫喚一聲，我就隨叫隨到了。突然想到栗子應該週末也會休息，於是邀她一同前往。

然後就兩個人開了車子往平湖跑。天氣很好，正是春光明媚的好時節，路過大片大片的油菜花田，好看得要命。還有山間的桃花梨花櫻花，該這個時節開的花已經統統開起來，萬物復甦，感覺生活很美好。我們路過幾個城市跟村莊，當抵達的時候已經到了中午。妮子的咖啡店是一間小的店面，老闆娘一個人看著店，目前還不提供正餐，老闆娘索性關了店門帶我們到附近的小餐館吃飯去。就像大學時那樣，三個女人，別提多高興了。平時也可以裝裝淑女樣子的三個妞，吃喝起來完全沒有了樣子，粗話髒話也絕不忌諱。妮子變了，與原來相比，接了一些地氣了。胡吃海喝一頓之後，又回到了店裡。三個人慵懶地窩在沙發裡，午後的好時光，陽光能夠照進來。店裡的人也不算多，三三兩兩。

妮子給我們倆人各端上一杯焦糖瑪奇朵和摩卡。她依然記得我們喜歡的口味，至於她自己，萬年不變的卡布奇諾。有客人進來的時候，妮子招呼客人，給他們調製咖啡，然後就又坐回到位置上同我們一起聊天。午後的客人，多為閨蜜二人組，或者情侶。女人之間，最適合這樣的時空裡，安安靜靜說上一些話。此外就是剛戀愛不久的情侶，倆人同座一把沙發，膩在一處。戀愛久了的男女是很少再會去這樣的地方坐著喝咖啡的。

「我結婚了。」妮子無所事事的講出勁爆的一句，我跟栗子如同被點了穴似的定在了那一瞬。看著我倆瞪大的眼睛，張大的嘴巴，她忍不住笑出聲來。「這是什麼誇張的表情。」「這是什麼誇張的你啊？」栗子先回應到，我也一邊幫喝著，「你這是什麼情況啊？連結婚都不請我們，還拿不拿我們當朋友了？」「別生氣，別生氣，去年年末快過年的時候結的婚，統共就是一桌人，除了雙方的父母，幾個至親，就再沒有別的人了。」「結婚這麼大的事，就這麼簡單了？」「真要像時下流行的方式來整，我寧可這輩子都不要結婚了，太煩了。」「父母依著？」「他們也沒有辦法啊，我倆堅持這麼做，再說又是大家忙著回家過年的時候，也不想給別人添麻煩了。」好吧，婚反正是結了，不重要了，說啥也趕不上了。可對方到底是什麼樣的男人啊，能把我們不接地氣的妮子給降住了。「你男人呢？快些叫來給我們看看。」「早就安排好了，晚上一起吃飯。」「可到底是什麼樣的人啊，快說說，做什麼的。」我跟栗子一人一句，不讓妮子停下來。「什麼樣的人嘛，普通人，二貨，有點胖，不怎麼好看。但是挺滑稽，挺好玩的。脾氣很好，剛好互補我的火爆性子。」

「還有呢？還有呢？」「嗯，還有就是有點鈍，一沾上枕頭就睡著，治療了我的失眠症，對我挺好。」「做啥的，做啥的還沒說呢？」「哦，是個律師。」「律師……」根據妮子的描述，我在腦海中努力構建著這一個形象，可是一個律師怎麼能鈍鈍的呢？鈍鈍的還怎麼進行辯訴啊？也不知栗子的腦袋裡構建的那個形象是不是跟我一樣。「fine，那麼什麼原因呢？怎麼就嫁了這個人了？到底是哪一點吸引你了？」「也談不上吸引不吸引吧，就是我覺得吧，跟他在一起我就特別的開心，很簡單的開心。然後我覺得自己也變成了一個二貨，他讓我覺得踏實。」「我覺得吧，大部分的女人到最後都會這樣結婚的，她選擇的那一個並非是她一開始就心心念念的那一個，最初的時候，總是希望能夠找到一個完美的男人，他在精神上可以引導我，我需要他比我更好，更優秀。但是後來我發現，原來對於那樣的男人來說，他也是勢利的，他也要一個更好的女人去指引他，幫助他。」妮子真的變了，不過我卻從她的臉上看到了小女人的幸福感，那是全然不同兩年前我見到的。她變得世俗了，但是也變得開心幸福了。她腳踏實地地依然懷抱著夢想，但也不再追尋不切實際的東西了。某一個階段在她身上徹底結束了，這個大部分女人的必經階段。晚上的時候，見到了妮子的老公，他果然在總體上都符合妮子的描述，戴一副黑框眼鏡，圓圓胖胖的臉。以為憨厚老實吧，其實倒是十分機智幽默。並且能夠從他的言行舉止中看出對妮子滿滿的疼愛。一頓飯，四個人嘻嘻哈哈吃得非常開心。相比曾經見證過的妮子那一段段傷懷的戀情，這一個，也許就是上天為她安排的最好的那一個。他或許來得有點晚，但終究來了，給一個溫暖的

懷抱，寬闊的肩膀。在經歷了一些愛情的傷痛之後，這一個，是
最好的。

——To be continued

2.

　　飯後再到妮子的咖啡店裡坐著四個人聊天，妮子毫無做作地揉著她老公的脖子，慵懶地賴在他的身上。全新的妮子和從未見過的她的丈夫，竟是這樣熟悉而又輕鬆，沒有初見時的尷尬和陌生，真好。夜漸漸深了，春天的晚上還有一點涼意。妮子早就為我們預定好了飯店，就在咖啡店的附近。他們夫妻倆將我跟栗子送到飯店，然後就一起開車回家。一路開車，又在咖啡店裡興奮地聊了這麼長一段時間，雖然喝了不少咖啡，也還是累了睏了。天突然下起一點雨來，滴滴答答的，我們就這樣沉睡過去。

　　第二天睡到自然醒，酒店的自助早餐早已經錯過，依然踱步到妮子的咖啡店，享用西式的早餐。還是焦糖瑪奇朵和摩卡，再加一份芝士蛋糕和松餅，剩下的時間只是安靜聊天。春天的雨依然淅淅瀝瀝，決定還是早些回到A城去吧，路途還是有些遙遠的。我們與妮子擁抱道別，畢竟下一次見面不知何時，突然之間或許覺得有些傷感。人這一生，知心又有幾人？我和栗子開車駛離平湖，繞到高速上，往A城方向開。不想雨竟然越下越大，我們只好開得再慢一些。但是我卻想要快快回到A城去，我已經有好幾天沒有見到Alex，他昨天已經從上海回到了A城，現在回去應該正好可以和他一起吃晚飯。發資訊告訴他已經在回去的路

上，他回復說正在辦公室裡加班，他囑咐我到了就直接回家去，他加完班會來找我。我已經對Alex週末要加班這件事情習以為常，也不再為他總是沒有足夠的時間陪我而埋怨他，曾經不太有過，現在和將來也都早已習慣了。我和栗子在服務站休息一會，然後換我做司機來開車。明天又是禮拜一，又要上班的日子。從什麼時候開始，我又討厭起禮拜一來，感覺上班就像上墳一樣。心裡又像是個不願意去上學的小朋友一樣落寞起來，哎哎呀呀的叫著討厭禮拜一，討厭上班。栗子在副駕駛座上迷糊著睡著了，我關掉了音樂。

到達A城的時候是下午三點，沒想到A城的雨下得暴躁許多。雖然一路勞頓，可我卻不願意回家裡去休息。我心血來潮想到Alex的公司去等他，於是就要栗子送我過去，不免被她笑話幾句，可還是把我送去了。A城的雨下得太大，就那麼上下車的幾個動作之間，身上，頭髮都淋濕了一大片。我跑著進入Alex的公司，看栗子的車子慢慢開走時同她揮手道別，然後一個人坐在公司樓下的大堂裡等著。我也不願意打電話去催促他，不願意打擾他上班，只是想要他從辦公室裡下來看到我的時候有一個驚喜。我翻出一包紙巾來擦被雨水打濕的頭髮。然後實在無聊，幸好總是包裡藏著一本小書，這樣我冷不丁無聊的時候就可以拿出來翻看。看一眼手錶，三點一刻，Alex一定想不到我在樓下等他吧。只是我有一些睏乏，最好能夠讓我打個盹。正窩在沙發裡伸一個懶腰，剛合上打哈欠的嘴巴卻看到Alex從電梯裡出來，更讓我驚訝的是他身邊竟有一個端莊漂亮的女生，她親密地挽著他的手。我甚至有些不敢相信眼前的情景。我希望我看上去不至於那麼傻

逼。我的頭髮也亂得很，背著書包，球鞋也有一些髒，衣服已經兩天沒有換洗，我看上去一定很糟糕吧。直覺告訴我，他們是親密的戀人。我心裡複雜極了：驚訝，憤怒，疑惑，難堪，我的心，好像已經裂開了一道口子。我們三個人，待在原地。Alex的臉似乎已經扭曲變形，我看到了他內心的糾結。我希望我的演技還算可以，我故作鎮定，假裝無所事事，然後說：「經理，你在加班啊？約了快遞來拿我的包裹，不過好像時間有點搞錯了。我先走了，再見。」然後我就頭也不回地走了。眼前的這一幕，我只想瞬間逃離開。我疾步走出辦公大樓，卻忘了回家的路。我也不知道我在馬路上晃蕩了多久，只是記得夜色一點點濃重起來。我淋著雨不知道走了多久，手機裡全是Alex的未接來電，137通，直到手機電板耗光自動關機。我回到住地樓下，看到Alex的車子停在那裡，我遠遠地躲起來看著，我不想見到他。一直等到他等不到我回家後，煩亂地從樓上下來將車子開走。我悄悄溜回自己的家裡，看到門上貼著一張Alex留下的條子：「如果你回來了，務必聯繫我，我現在出去找你，至少讓我知道你平安，我很擔心。」沒有這個必要，我在心裡冷笑了一下。我疲憊睏乏極了，將早已濕透的鞋子扔到陽臺，好好地洗了個熱水澡，然後穿上了乾淨的睡衣，將換下的衣物全部扔進洗衣機裡。洗衣機裡滾筒的聲音從未像此時那麼清晰。洗完澡舒服多了，可是思緒是煩亂的。

　　我終於鼓起勇氣，將手機充電，開機。一大堆來自Alex的訊息：第一條：你在哪裡，求你了，接電話吧。第二條：我很擔心你，我可以解釋。第三條：求求你，接電話吧。第四條：我去家

裡等你，回家好不好，你這樣我很擔心。第五條：小木，我愛你，快點回家好嗎？第六條：你在哪裡，為什麼還不回來，快點回來，你在哪裡？第七條：接電話吧，接電話。第八條：手機沒電了，你到底在哪裡？我去找你……我將手機扔到一邊，我的心裡煩亂極了。可是我卻哭不出來，一滴眼淚都沒有。整個晚上我都不能睡著，腦袋裡全部都是Alex和那個女生親密地挽在一起的那一幕，以及這將近兩年多的時光裡從我們認識到現在的點點滴滴。我的內心有太多的疑惑，可是我親眼所見的一切卻那麼赤裸裸擺在那邊，告訴我我被騙了。我的腦袋裡一片混亂，我只是回一條短信給Alex叫他不要來找我，我暫時不想見到他，等我覺得可以的時候，我自己會去找他。

　　我在未眠的凌晨又想到了從前，和李默然分手的時候，似乎是相似的情節。我突然對著冰冷的牆壁冷笑了一下，我總是遇到這樣的事情。我看著微涼的晨曦一點點來臨，然後陽光透進來照到我的陽臺裡。我一整個晚上都沒有睡覺，可是已經到了禮拜一，我要去上班。我跑到衛生間的鏡子裡對著自己，儘量給出一個微笑。新的一天，我今天一定要打扮得很漂亮，我看著鏡子梳妝打扮。我太需要這些表面的光鮮亮麗，我必須要漂漂亮亮地度過這一天。

——To be continued

3.

　　一早來到公司，出奇的早，單位裡一個人都還沒有。我到茶水間泡一杯咖啡，準備好面對一大波的糾結麻煩之事。上周的客戶裝修糾紛，下個月的工作計畫報告，新人的招募……我打起十二萬分的精神，比以往更專注認真，更賣力，唯有如此，我才能將腦海中有關Alex的記憶暫時忘記。我對每個人都耐心，說更多鼓勵的話，表示著出乎平常的熱情與友好。唯有如此，才能掩蓋我內心對這狗血得要命的情景劇的悲愴感懷。然後，像打了雞血般得足足幹滿八個小時，然後下班，去找好吃的東西，然後回家。可是當我回到家裡，只剩下我一個人的時候我就開始不行了，我整個人都感覺非常疲憊，疲憊得要命。那些想要抹去的記憶不肯放過我，他們肆無忌憚地占滿了整個房間。此刻我最想要的是深深的睡眠，可是睡不著。Alex沒有來找我，有時我恨的要命，似乎已經有了完全的決心可以徹徹底底的跟他一刀兩斷，即使他來找我我也絕不理他。可是有時我卻覺得我要是不知道該多好，我可以不知道啊，我只要跟他在一起，這一切都可以翻過去，只要我們相愛。Alex怎麼不來找我啊？為什麼不來找我啊？就這樣兩股勢力在我的腦子裡打架，攪得我毫無睡意卻睏乏得要命。我覺得我要瘋了，直到看到Alex發給我一長串一長串的手機短信：

小木，我無能祈求你的原諒。我知道你需要時間，但我還欠你一個解釋。你昨天看到的女人，她是我曾經的女朋友，她叫葉芝藍。我們很早就認識了，大學還沒有畢業的時候就認識了。我們的父母是世交，門當戶對，周圍所有的人甚至我們自己都覺得我們就是天生一對。我不能因為撫慰你而說出違心的言辭，是的，她確實是一個非常優秀的女人，我愛過她，甚至現在還愛著。

看到這裡的時候，我的心已經整個碎了。愛過並且還愛著，那麼我算什麼呢？

我跟她經歷過很多事情，即使沒有愛情，也會有感情。我是一個事業心很重的男人。所以主動選擇到A城建立公司在A城的站點，如此一來，是一個上升的步驟。等到這裡的工作走上正常的軌道，公司會再派一個人過來接替我的職務。然後我就去美國，和葉芝藍一起。這是個計畫，時間是四年。

這是計畫，可是人是不能預知未來的事情的。我不曾預見到會在老外灘的江邊遇見傷心的你，如果只是如此也可作罷，就算那時我已經開始心動。我不知道還會遇見第二次，第三次。我試過不要誘惑你，我甚至覺得自己卑鄙，覺得自己自私。可是我明明那麼喜歡你，越來越喜歡你，直到後來愛上你。不管我對自己訴說過多少次，想要

壓制住內心對你的渴望，可是一切都徒勞了，我還是情不自禁地向你靠近，並且再也不捨得把你放下了。

　　我知道這樣做，對你和葉芝藍都不公平。我讓自己生在了這種夾縫中，我想要跳出這種夾縫，做一個選擇。過年回家的時候，家裡人都催促我們結婚，葉芝藍也熱切盼望著能夠早點結婚。但是我卻猶豫了，是的，我跟她在一起是很好，很合適，很般配，甚至很長一段時間我都覺得我們確實相愛著。但是，那不是愛情，我在愛上你之後，發現原來那不是愛情。我知道你會覺得我說這樣的話很幼稚。所以我那麼急切地回來了，我只想逃開一切跟你在一起。

　　所以我選擇了跟葉芝藍分手，她很傷心。她不乏追求者，我覺得找一個真正愛她的人會比跟我在一起幸福。但是，我對她是有感情的。後來，她說她想當面跟我聊一聊，即使要分手也要把一切說清楚，然後她就過來了，剛好你去了平湖。她說她想看看我現在的樣子，她想知道我究竟要的是什麼？她甚至都不瞭解我了。我告訴了她你的存在，她想見你一面，我拒絕了。她問我為什麼愛上你，我的回答很簡單，因為開心，我比以前快樂，活得更像我自己，我以前只知道工作，但是我現在卻發現生活不只是工作。當你看到我們從辦公室出來時，其實我正打算送她去機場。

回想起來，Alex確實是在過年的時候很早回到了A城。我一

邊看著他的信，一邊回憶著過去的情節。我終於明白為什麼Alex
總是不定期的要回到北京去，即使是節假日，那些本該在一起的
特殊的美好的日子，他都要回北京去，因為那裡還有一個葉芝
藍。我終於明白了那些我需要他存在，需要他在我身邊的時光裡
他總是空缺的原因。被欺騙的憤怒，無盡的失望，但是卻依然愛
著他的心意無盡困擾著我。又是一個不眠之夜，我一直努力試圖
睡著，最終卻又在疲憊中看著窗外的天空漸漸泛白，然後又是新
的一天。可是我卻沉淪在一場無休止的獨幕電影中。天呢，要如
何才能結束。

　　A城的春天氣候變幻無常，時冷時熱。我在三天之後，天濛
濛亮的清晨，從床上爬起，披一件衣服，站到陽臺。我看著天邊
一點點透出的光亮，今天應該又會是個晴天。我從抽屜裡翻出一
包早已經過期的香煙。Alex說不喜歡女孩子抽煙，我就再也沒有
抽過了。我拿出一根，點燃。安靜的世界，大部分的人應該還在
睡眠之中，而我卻清醒異常。我想要離開這裡，離開這個城市，
離開這個我生活了近八年的城市，離開這個有Alex和我們記憶的
城市，離開這個房間，離開這個我再不能熟悉的空間。我仰頭對
著天空吐氣，那樣子，應該頹廢得不得了吧。即使頹廢，我都希
望那是美的。如果日後回憶起來。

　　天徹底亮了，栗子應該起床了吧。問她借了車，她說你怎
麼了。我回來再告訴你吧，等我回來，等我整理好。她沒有再問
下去，只是給我一個擁抱，說自己小心。我差一點眼淚要決堤，
可是我不想那樣難堪，就拼命忍住了。開了她的車去單位，安排

好事情，然後請了兩天的年休假。我給車子加滿了油，然後就走了，我想回到一個安靜純粹的世界裡去。

—— To be continued

4.

　　我在下高速前的一個服務區睡了半個小時，然後洗一把臉。雖然因為開了兩個多小時的車，加上連日的失眠，讓我看上去疲憊不堪，但是補過一覺之後，還是顯得有一些精神了。我坐在車裡，打電話告訴外婆，要去她那裡。她在電話裡顯得很開心，問我什麼時候到，吃過午飯沒有，我說在服務區買了一些零食，不餓。

　　一個小時之後，我將車子停在外婆家的院子裡，一棵枝葉繁茂的桂花樹下。如果是秋天，桂花盛開的季節，這院子裡，不用說這院子，就是離著這院子老遠，都能聞到桂花飄香。自從外公去世之後，外婆養的花就越來越多了，院子堆滿了各種不同的植物，大大小小的盆栽：鐵樹，蘆薈，太陽花，吊蘭……水缸裡養著金魚。桂花樹種在院子中央的花壇裡邊，這花壇原來澆築的水泥圍座，現在已經沒有空間坐了。因為桂花樹已經長得太高太大，枝椏伸展出來將那原本要坐人的空間全部擠滿了。所以，用來放盆栽是最好的。院子的左邊靠近房子的角落裡是一個小雞舍，養了三隻雞。外婆經常在電話裡跟我說她養的雞有多麼乖，如花雞下蛋最好最多了。白色的那只長得好看，可是下個蛋要咯咯噠咯咯噠地叫老半天……老人家一個人住，就會對這些事情格外的照顧了。

我把車子停好之後叫一聲外婆，外婆早已經走到院子裡來。她很開心，像個孩子似的開心，要來接過我手裡拿著的那些東西，我一閃，全部拎到屋子裡去，放下。她說餓了吧，我給你做了菜汁燉蛋，一會就好。我說我渴了，就徑直捧了她的杯子喝起水來。過一會，外婆就把燉蛋端到桌上，一個調羹已經擱到碗裡。我不知道北方人吃不吃這樣的水蒸蛋，這是會讓人回憶起童年的家常菜，暖暖的充滿愛意。我舀了一勺，送進嘴裡。「好吃嗎？鹹淡剛好嗎？」我點點頭，卻突然之間有一股想哭的衝動，這幾日的委屈和憤懣一下子彷彿得到了安慰，我故意起身去拿紙巾，將眼淚忍了回去……

　　傍晚的時候挽著她的手，到菜市場裡去買菜，路上碰到的人，幾乎每一個都要打聲招呼。「阿婆，你孫女來看你啊？」「不是我孫女，是我外孫女。」她這麼一邊跟人招呼，一邊介紹著。到了菜市場裡也一樣，經過的小攤都要拉扯幾句，甚至送一些蔬菜給我們。鄉下的菜市場本來就很小，都是鄰舍隔壁，或鄰村的小商販拿了自家地裡的新鮮的瓜果蔬菜來賣。因為離海不遠，通常還能買到一些非常新鮮的特有的小海鮮，像小梅魚，小黃魚，物美價廉。

　　晚上睡在外婆的旁邊，兩張床並排放著。她早已經為我鋪好了被子，被子上還有太陽的味道，應該是知道我要來之後就立馬趁著好天氣把被子曬了太陽的。我終於沉沉地睡去，在失眠了四個晚上之後。第二天睡到自然醒。久違了的安淡與踏實的感覺，也只有在離A城180公里之外的外婆家才能夠找得到。

　　在鄉下的日子彷彿是過得很慢很慢的。第二天醒來的時候，

外婆已經起床了，她早已經把雞舍的門打開，讓雞外出活動，撒一把玉米碎末給它們吃，然後又在院子裡給她的那些花花草草澆水。我坐在床上穿好衣服，抬眼看到牆壁上掛著一隻燕子風箏。小的時候，我跟妹妹一起放飛過的風箏，依然完好地掛在牆壁上，只是顏色已經褪去，沒有當時的鮮豔，並且，也積了一層厚厚的灰。外婆一直將這只風箏掛在牆壁上，宛如多年前我們放風箏歸來往牆上掛時那樣。這一隻小小的風箏，一下子把我拉回到了童年的記憶裡。多麼單純開心的日子，那樣的日子無關名利，亦不知愛情原來會這般要人命……

　　我穿好衣服走到院子裡，「你起來了？」外婆說。相對其他八十多歲的老人，我的外婆健碩得多了，她的生活簡單而無聊，平常只是念念佛，然後惦記著兒女和家裡的小孩。這種孤獨，應該是每一個人的命定吧。她常常說年紀大了，一定要自己能照顧自己，若是自己都顧不得自己了，成了兒女的拖累，活著就沒有意思了。外婆家的前面有一片小小的林子，總是有一隻鳥兒，一直叫喚著某種調調。從兒時起，就是如此，或者其實已經換了個別的鳥兒的，只是他們唱同樣的歌，要不然，一隻鳥兒怎麼能夠活得那樣的久。「快去吃早飯吧。有你喜歡的豆漿油條。」我進屋子裡洗漱，然後吃飯，還是不變的兒時的美味。她坐在我對面的椅子上看我吃完，滿是慈愛。這個世界上沒有哪個地方是會比外婆家更充滿慈愛氣息的。外婆家，總是有好吃的東西。所以A城的外婆家餐廳總是賓朋滿座，那絕不僅僅是因為飯菜好吃的關係。吃好早飯，就在院子裡看看花草，看著那些啄米的雞發發呆，喂一點魚食給水缸裡的金魚。外婆坐在院子裡，跟我聊天，

說說村莊裡的家長里短，新聞，趣事。我配合地聽著，問一些問題，有一些我也是知道的。因為小時候總是將長長的暑假放到外婆家度過，眼看開學的日子要近了，就哭鬧著不願意回家，走了必要大哭一場。所以村莊裡的一些人也認識，只是已經過去太久，記憶有些模糊了。他們的事情與我並沒有太大的關係，可是當一個人忘記了自己，忘記了自己的存在，將目光投向那一切看似無關的周遭，他才能真正的快樂，或者至少不會不快樂。我依然陪著外婆去小市場買菜，然後回到家裡跟她一起做菜，洗碗，坐在院子裡聊天與發呆。也只有這樣，我才能將內心的痛苦暫時忘記，或者就可以這樣一點點忘記。因為我發現，也許這些痛苦可以非常渺小……

——To be continued

5.

　　第三天吃過午飯，春光明媚。在屋子裡曬不到太陽的地方感覺有些冷，但是一走到太陽底下，只需曬一會會，整個人就曬熱了。我挽著外婆的手，想去田裡看看油菜花，但是油菜花已經謝了，油菜已經結了籽。桃花也謝了，梨花也謝了，都結了小小的果子。我們漫步在午後的田地裡，春的氣息十分濃厚。各種各樣的綠色，滿富生命力，多麼美好的日子。我們走到自己家的梨田，梨樹長勢茂盛。這是外公當年種下的，現在都已經承包給別人去照料。十五年前，他的生命走到盡頭，因為癌症晚期。可是他種下的梨樹，依然生長著，在他離開的日子。外婆仔細地看著一顆顆小小的果實，順手折下幾支長著果子的樹枝，一邊說道：「摘回去給你外公看看，他種的梨樹發得多麼好啊。」外公與外婆是自由戀愛結的婚，在那個父母之命媒妁之言的年代，這是多麼出挑而浪漫的行為。風風雨雨幾十年，即使沒有愛情，也會醞釀出濃厚的感情，何況他們從一開始就是相愛的。愛情到最後不再是重要的東西了，但是愛會延續。沒有愛的婚姻怎麼能夠幸福。我想我跟Alex是相愛過的，是的，我們相愛過。我似乎從這一點上得了一些安慰，可是，那又怎麼樣呢？

我和外婆在小橋邊的石凳上坐著休息一會，然後因為被太陽曬得太熱的關係，就怎麼也坐不住了，就又慢慢走回了家裡。外婆將口袋裡那幾束梨果子拿出，找一個小瓶子，裝了水，供在外公的遺像前。一邊念叨著：「摘來給你看看，你種的梨樹多好啊。」活在我們這個時代，也許有很多人都會羨慕他們那代人，儘管飽受時代的種種束縛，但是一旦在一起了，卻那樣的忠貞不二，那麼能夠為了對方而犧牲自我。這是我們這個時代缺少的，我們這個時代的人都活得太自私了。

　　我在外婆家裡只是待了三天，卻好像過了很久的日子。平靜與細水長流的感覺，唯有這樣的日子才能撫慰我逃脫出A城時的狼狽不堪與累累傷痕。慶倖的是，我們活著，不管受了多大的災難跟傷害，總是有一個地方可以用來躲藏。如果有一天，這個地方沒有了，那麼我們就去流浪。當我覺得疲憊時，當我為這世間所有的不公平與紛擾攪得不能平靜時，我都會想到要去外婆家，甚至超越了我想回到我父母家裡的那種響往。我的父母，尚不能年老到看淡這世間的名利權情，但是外婆似乎可以。她的關愛無關那些虛誕的東西，她只要我好好的。

　　「外婆，我明天就回去了。」我說，「你是該回去了，回去上班，你當然要回去。」「那你要不要跟我一起回去，給我去做飯吧，讓我下班可以吃你做的飯？」「喲，你倒想得好，把我一個人關樓上，像待在個鳥籠似的，我不給你做保姆去。」她永遠都覺得城市裡的公寓像鳥籠一樣，確實很貼切。「你回去吧，回去把沒有解決的事情，解決好。」可是，解決得了嗎？失去愛情怎麼解決呢？我真想在她的懷裡大哭一場，卻又很怕我大動干

戈的哭泣嚇壞了她的安寧，我不想讓她擔心，卻也知道以她的智慧，已然多半猜到了我的失落。否則，以她打破沙鍋問到底的個性，總該要問問怎麼突然間就跑來了呢。她不問，只是接納，就像大地，陪著我度過與承受。「東西不要落下了。」她一邊說著，一邊開始幫我收拾起行李了。她一貫如此，一邊也替自己辯解說：「趁現在記得，都整理好，你媽媽每次來要落下點什麼東西。」「好吧」我應和著她，由著她把東西一樣樣裝好，並打開車子的後備箱，把東西都裝進車裡。

　　第二天，吃過午飯，我就回A城了。車子從外婆的桂花樹下繞到門前的小道上，這條路太窄。外婆看著我倒車，並指揮我將車開到正道上，她甚至是跟在我的車子後面，擔心我的車子會卡在前面不遠的轉彎處。我把車子開得很慢，看著沒有來車，將車子停下，從車窗裡轉過頭來跟她說再見，叫她回去。可是她卻揮揮手，讓我走。她要目送我離開，她執拗地站在那裡，我慢慢地將車子開遠，開遠，直到她轉過身，朝家的方向走回去。她略微佝僂的背，一點點消失在我的視野裡。我的眼睛模糊起來，那一刻，我再也不能忍受住壓抑多時的淚水，它們一發不可收拾。我一邊開車一邊哭，眼淚劈裡啪啦往下掉，我只好用手背去擦。我甚至是暫時將車子停到了外婆不能看到的路邊，然後熄了火，我就這樣在路邊結結實實地哭了一場，正如我第一次在老外灘見到Alex時那樣。只是這一次，我是一個人，沒有他結實的胸膛和寬闊的肩膀。我曾經不止一次的在他的懷裡哭泣，日後想來，卻不再記得，最後一次究竟是什麼時候，因為我原本以為，這種溫暖在有生之年可以源源不絕。

一個人在另一個人的心裡埋下種子，那一刻，也許不知不覺。可是種子發芽了，長出枝葉，慢慢長大，時間流逝，已經長成參天的大樹。但是有一天，卻突然跳出來被喚醒而知這一片心泥不是這一棵樹應該成長的地方。於是不得不將這一棵樹連根拔起，這一片土地再也不會像沒有種過這棵樹一樣了，因為，已經不一樣了，那一刻，像是一根刺，牢牢地紮進心裡。委屈，不甘，被欺騙的恥辱感……都在這一場衝動的逃離中，都因為這一場哭泣，慢慢平息……我相信，可以，只要再多哭幾次……哭完之後的情緒，往往是平靜，甚至帶著一些釋放的輕鬆。眼淚是多麼好的撫慰劑。回到A城的時候，已經是傍晚，我將車子加滿油，回家洗一個熱水澡，然後洗衣服，睡覺。明天是新的一天。

——To be continued

6.

　　第二天一早起床，就將車子開到栗子家樓下，等著她下樓。看到我回來了，她笑一笑，儘量平靜的，可是眼中依然透露出她超越平常的關心。「我沒事。」我主動說起來，「我們上班去吧。」她說好。

　　這一天就如同任何一個以往的工作日，組裡的人看到我回來，又將原本沒有解決好的問題一一拿出來。我想我不會在這個地方待很久了，那一刻，突然覺得莫名的不捨。「天下無不散之筵席。」老大當初離開時說的話又在腦海中浮現出來。當意識到剩下的時光只是有限時，人就無端地先開始懷念了。緊促忙碌卻又平凡的一天。

　　下了班，打算去樓下的速食店裡吃一點簡單的飯。剛走到樓下，就看到Alex立在那裡，像是等待了一千個世紀。慢慢走近時，看起來，面容是憔悴的，我的心緊緊地疼了一下，卻無力去安撫他突然間的滄桑了。我們並肩走在夜色中，白天是晴朗的，這樣耀眼的城市，抬頭看天空是看不到一顆星星的。走著走著，路過那家COSTA，我們經常去的那家咖啡店，我們的腳步還是那樣默契地一同停下了。他依然記得要為我點一杯焦糖瑪奇朵，加一塊芝士蛋糕。「還沒有吃飯吧，吃一塊蛋糕。」他淡淡地笑

著對我說。現在的Alex又像是我兩年前見到他的樣子了。「我每一天都在你公司樓下等你下班，一直等到你不可能出現，然後又去你住的地方，可是燈是暗的。」「我暫時離開了幾天。」我儘量平靜緩和地說出這幾個字。「我發給你的信，看了嗎？」我點點頭。「還是不能原諒我嗎？」這，這無關原諒與否，Alex，你讓我們之間的感情變了，有了裂痕了。我心裡這樣想著，卻沒有把這句話說出口。他看我不說話，繼續追問：「難道我們不是相愛的嗎？難道你不愛我嗎？」是的，我從來不曾親口對他說出過這三個字，可是我是愛的，我愛他。也許沒有像當時愛李默然時那麼衝動，激烈，可誰說那就不是愛了呢？我甚至覺得這輩子我都非這個人不嫁了。我抬起頭，看著他有點扭曲的臉，眼神裡滿是期待。「是的，我愛你。」說得那麼平靜。我從來都不會想到我對他說出這三個字竟會是在這樣的一個場景之下，我們彼此的角色，竟是這樣的糾結，絲毫沒有本該有的甜蜜。「是的，我愛你，Alex。」我把這話又說了一遍。他那麼激動地，將我放在桌子上的手握住，可那只手卻是冰冷的，因為她主人的心，已經涼了。Alex似乎意識到了什麼，他將另一隻手也用上，將我的那一隻右手，緊緊握在手心。「為什麼這麼涼，天氣不是已經開始熱了嗎？吃點東西吧，好不好？你一定是餓著了。」此時的他就像一個醫生，一個無法將病人起死回生的醫生。他近乎語無倫次起來「我們結婚吧，我們結婚好不好。如果你想離開這裡，也可以。我們去新加坡，你不是說厭倦了這個城市嗎？我們結婚吧，小木？」這是他第一次跟我提起結婚，沒有戒指，沒有花。我想我曾經是期待過他向我求婚的這一刻的，可是在我的臆想中，不

是這個樣子的，不該是這個樣子的，就連咖啡店裡的音樂，也不該是陳奕迅那首悲哀得要命的《富士山下》。我將我的右手從他緊握的雙手中吃力地抽出，他怔怔地看著我，眼淚從他的臉上滑落，這是我這輩子第一次見到他哭，也是最後一次。「Alex，我們相愛過，有這一切，都已足夠。」我吃力地將這一句話說出口。當我發現，下定決心要離開一個人的時候，是會將他所有的不好都忘卻的，就連他對我的欺騙，都可以原諒。因為心裡是清楚的，餘下的生命裡，再也不會有這個人了，再計較都是多餘的了。慶倖的是，我們最終不用對著彼此老去，我們沒有機會將對方嫌棄，我們沒有機會拿平淡無奇，百無聊賴的日子去考驗我們的愛情了。我們不用，也不會，厭倦對方了，我們不用，也不會，背叛我們的愛情了。往後的日子，只要記得與這個人相愛過，共同走過一段旅程，這就夠了。

　　Alex沒有追著再問為什麼，他從來都知道，當我做了決定，再也不能將我拉回頭。他只是那樣悲哀地凝視了我很久很久，卻再也說不出一句話了。那天晚上，他依然將我送回家。我們就像過去一樣，他依然緊緊牽著我的手，宛若還是熱戀中的情侶。我們甚至還在等紅燈的間隙裡親吻，然後，在我家樓下，吻別。最後一次，他看著我上樓。然後，我走上樓，開了燈，偷偷地從窗戶裡看樓下的他依然站在那裡，神情落寞，卻笑著向我揮手告別……

　　半年後，我辭職離開A城，去瑞典讀書。這是我一直以來的夢想，即使曾經因為Alex而放下過，但是最後還是將它拾起了。沒有什麼比去實現夢想更能治癒心裡的創傷了。過去很久時間以

後，當回望起以前，回望那些曾在我生命中留下深刻痕跡的人，他們只像是路人般。而我卻也始終能夠看淡，沒有誰是能終其一生留在我們身邊的。對於生命旅程中遇到的每一個人，我們都要去珍惜，因為下一個路口，也許他已經不再陪在你的身邊了……

栗子最終跟師哥結婚了。至於林碩，聽說他選擇永遠地留在西藏，做一個簡單純粹的人，而他的工作是記錄藏羚羊的生長歷程。偶爾會收到來自李默然的電郵，他依然留在蘇里南，已將整個南美走遍，似乎他更喜歡這樣漂泊的日子。至於Alex，他已經走進茫茫人海裡，就像我們不曾遇見時那樣，也許會在學校旁邊的咖啡館裡遇見他，也許會在飛往各自目的地的飛機中轉站裡遇見他，也許這輩子，再也不會遇見他……

The end

何佳青
——2014年4月25日初稿

ㄨ 獵海人

忽然十年就過去

作　　者　　何佳青
圖文排版　　周妤靜
封面設計　　王嵩賀
出版策劃　　獵海人
　　　　　　114 台北市內湖區瑞光路76巷69號2樓
　　　　　　電話：+886-2-2796-3638
製作發行　　獵海人
　　　　　　114 台北市內湖區瑞光路76巷69號2樓
　　　　　　電話：+886-2-2518-0207
　　　　　　傳真：+886-2-2518-0778
　　　　　　服務信箱：s.seahunter@gmail.com
展售門市　　國家書店【松江門市】
　　　　　　10485 台北市中山區松江路200號1樓
　　　　　　電話：+886-2-2518-0207
　　　　　　三民書局【復北門市】
　　　　　　10476 台北市復興北路386號
　　　　　　電話：+886-2-2500-6600
　　　　　　三民書局【重南門市】
　　　　　　10045 台北市重慶南路一段61號
　　　　　　電話：+886-2-2361-7511
網路訂購　　博客來網路書店：http://www.books.com.tw
　　　　　　三民網路書店：http://www.m.sanmin.com.tw
　　　　　　金石堂網路書店：http://www.kingstone.com.tw
　　　　　　學思行網路書店：http://www.taaze.tw
法律顧問　　毛國樑　律師

出版日期：2015年9月
定　　價：300元

國家圖書館出版品預行編目

忽然十年就過去 / 何佳青著. -- 臺北市 : 獵海
人, 2015.09
　　面；　公分
BOD版
ISBN 978-986-92202-3-1(平裝)

857.7　　　　　　　　　　　104018540